방과 후 퇴마사

KB208131

서랍의날씨

1장

방과후 퇴마사

창 너머로 비가 비수처럼 내렸다. 우연은 햄버거 가게에 있었다. 평소와 다름없이 기본 햄버거와 사이다를 주문하고 기다렸다. 커다란 배낭을 매고 모자를 눌러썼다.

"우리 고등학교에서 떠도는 괴담 알아?"

"여름이라고 괴담 얘기하기는."

"진짜야. 우리 학교가 있던 곳이 원래 산소였대. 그래서 귀신이 그렇게 많이 나온다나 봐."

햄버거 가게는 늘 그렇듯 시끄러웠다. 우연은 들려오는 소음들을 흘려 넘기며 팔짱을 꼈다. 띵동. 익숙한 벨 소리에 자리에서 일어났다. 자기 몫의 햄버거를 가지러 가기 위함이었다.

서늘하고, 습하게 등골을 쓰다듬는 것만 같은 느낌. 익숙하면서도 절대 익숙해질 수 없는, 그런 기분이 들었다.

이 기분이 뭔지 우연은 알았다. 몇 번이고 같은 느낌을 받아 왔고 그럴 때면 늘 사람이 죽었기 때문이다.

우연은 움직이던 몸을 멈칫했다. 이내 이를 악물고 햄버거를 가지러 가는 대신 달렸다. 갑자기 급하게 달려가는 우연에게 사람들의 시선이 잠깐 집중했다 흩어졌다. 언젠가의 잔상이 아른거렸다. 붉은빛이 사방으로 퍼지던 그날. 우연을 돌아보던 텅 빈 검은색 눈동자. 우연은 심장이 뛰는 것을 느꼈다. 지금 심장이 뛰는 이유가 달리고 있기 때문인지 아니면 다른 이유 때문인지 구분하지 못했다.

조금만 옆으로 틀어져도 논밭을 굴러야 하지만 몸에 익다는 듯 가운데 길을 달렸다. 얼마나 더 달렸을까? 시골에서는 흔치 않은 상가가 늘어져 있었다. 상가를 달리자, 우연을 보고 마을 사람들이 반갑게 인사했다.

여름고등학교 옆에 있는 우봉산 앞에 멈춰 섰다. 숨은 이미 턱 끝까지 올라와 폐를 팽창시켰다. 우연은 숨을 고르는 대신 짐승처럼 네발로 산을 탔다. 잔가지들이 우연의 살을 긁었다. 어떤 가지는 상처를 내기도 했다. 하지만 우연은 아무것도 못 느낀다는 듯, 이 정도 상처는 익숙하다는 듯 묵묵히 산을 올랐다. 고르지 않은 숨을 고르게 내쉬려고 애쓰며 산을 올랐다.

우연은 산의 꼭대기에서 온전히 멈춰 섰다. 그곳에는 몇백 년을 살았을지 차마 짐작하기 어려울 만큼 거대한 나무가 하나 있었다. 뒤로 매고 있던 배낭을 앞으로 멨다. 그 후 배낭을 단단히 봉인하고 있던 지퍼를 열었다. 배낭 안에 있는 물건을 본 우연이 설핏 웃었다.

우연은 그 물건, 도끼를 꺼냈다. 평범한 도끼가 아니었다. 여러 부적이 손잡이 부분을 감싸고 있는 도끼였다. 도끼는 오래돼 보였다. 그럼에도 관리를 잘한 듯 날이 무뎌 보이지는 않았다.

"와라."

도끼를 바로잡으며 말했다. 그 말을 알아들은 것처럼 비가 내리고 있는 하늘이 울렁였다. 비를 뚫고 한 형체가 우연의 앞으로 도약했다. 우연은 그 형체를 막아냈다. 밀려드는 힘이 어찌나 센지 도끼를 잡은 팔이 저릿했다. 도끼를 양손으로 잡아 그 형체를 튕겨냈다. 그 형체는 고통을 못 느끼는 듯이 도끼날 부분을 붙잡고서라도 그곳에 붙어 있으려고 안간힘을 썼다.

그 모습이 퍽 기괴해 우연은 힘을 다시 한번 강하게 줘 몇 번을 밀어낸 끝에 그 존재와의 거리를 떨어트릴 수 있었다. 거리를 벌리고 나서야 그 존재를 살폈다.

그 존재는 얼핏 보면 사람 같았다. 하지만 사람이라기에는 거부감이 올라오게 만드는 외형을 가지고 있었다. 살구색 대신 주로 창백하고 어두운 색의 피부를 띠고 있는 그 존재는 기다랗고 검은 머리카락을 늘어트리고 있었다. 머리에 가려져 얼굴은 보이지 않았다. 존재의 몸이 오르락내리락했다. 그 존재가 말했다.

'찾 았 다.'

오싹. 아까 느낀 그 기분이 우연을 강타했다. 우연은 그 존재를 향해 달려가 도끼로 목을 노려 찍었다. 하지만 우연이 찍은 것은 그 존재가 아니라 나무였다.

'빠르다.'

잔상조차 남기지 않는 빠르기에 몸에 힘이 들어갔다. 힘을 줘 나무에서 도끼를 빼내기도 전에 그 존재가 우연을 향해 달려들었다. 우연을 향해 손을 뻗는 그 존재의 손톱은 마치 짐승처럼 두껍고 날카로워 척 보기에도 스치면 치명상이었다.

우연은 공기의 흐름을 읽어 가볍게 그걸 피했다. 그 존재는 보통 사람처럼 자신의 공격이 먹히지 않았음에도 당황한 것 같지 않았다. 마치 인간을 사냥하라고 입력된 로봇처럼 움직였다. 우연은 그게 저 존재의 특징임을 알았다.

뛰어든 것에 대한 반동으로 우연의 앞에서 뒤로 이동하려는 그 존재의 그 손목을 움켜쥐었다. 그것이 끔찍한 비명을 지르며 힘을 제대로 쥐기 전에 그것의 목을 도끼로 찍었다.

도끼로 급소를 찔렀음에도 피 한 방울 나오지 않았다. 그를 통해 이 존재가 인간이 아님을 알 수 있었다. 그 존재가 퉁겼다. 존재는 빠르고, 힘이 셌다. 하지만 존재의 목이 떨어지면 온전히 움직임을 멈출 수밖에 없다는 것을 알았다.

우연은 그 존재가 괴로움에 몸부림치는 틈을 타 그 존재의 이마에 미리 준비해 둔 부적을 붙였다. 닿은 부분이 타들어 가며 존재의 힘이 점점 수그러들었다. 우연은 이미 그렇게 될 것임을 알고 있었기에 기회를 놓치지 않고 탕탕 도끼질했다.

그것의 반쯤 떨어진 목이 덜렁였다. 목이 반이나 몸에서 떨어졌는데도 그것의 움직임은 느릿해졌을 뿐 멈추지 않았다. 우연은 팔에 억센 힘을 줬다. 마지막 발악을 하는 그것의 덜렁이는 목을 온 힘을 다해 단숨에 내리찍었다.

목이 공기를 쇄도해 잔디가 무성한 땅에 처박혔다. 목이 떨어지자, 그 존재의 몸집이 줄어들며 검게 타더니 작은 구슬로 변했다. 우연은 그 구슬을 집어 배낭을 열었다. 배낭에는 이미 그 구슬과 비슷한 형태의 것 두 개가 들어있었다. 배낭에 구슬을 소중히 내려놓은 뒤 형식상 손을 모으고 짧게 빌었다.

목을 썰었음에도 피 한 방울 묻지 않은 도끼를 배낭에 넣었다. 꼭대기에 있는 커다란 나무를 한번 보고 산에서 내려왔다. 눈치가 빠른 사람은 알아차렸겠지만, 우연은 흔히 말하는 귀신을 볼 수 있고, 퇴마할 수 있는 존재였다.

사람에게 악영향을 끼치는 귀신, 원귀라고 불리는 아까 그 존재와 같은 것들을 퇴마해 동그란 구슬로 만드는 게 우연의 일이다. 이는 우연의 아버지의 아버지, 아버지의 조상으로부터 내려온 집안의 업이었다.

'오늘은 이렇게 3개인가.'

3개의 원귀를 처리한 증거인 구슬을 떠올렸다. 그 구슬의 값은 상상을 초월했다. 이 작은 구슬이 어떤 병도 고치고 많이 먹으면 일시적으로 젊음도 되돌려주는 영약이었기 때문이다. 따라서 옛날부터 구슬의 가치는 뛰어났고 이는 조상으로부터 꾸준히 일이 내려올 수 있었던 이유였다. 하지만 우연은 남들은 모르게 생각했다.

'이 집안의 업을 내 대에서 끝내리라.'

방과 후 퇴마사

이 업이 시작된 것은 조상이 지은 죄 때문이었다. 그 죄에 대한 속죄를 '그'를 죽임으로서 끝내면 될 일이다.

'그러려면 더 강해져야 해.'

지금보다 훨씬, 강해져야만 했다.

○

"다녀왔습니다."

"왔냐, 우연아."

웬일로 인사가 돌아오자, 우연은 귀를 의심했다. 잘못 들은 건가 싶었다. 하지만 불행히도 이는 제대로 들은 것이었다.

"네게 할 말이 있다."

"말씀하세요."

손을 씻기도 전에 의자에 앉아 경청했다. 성 신 씨에 석자 진자를 쓰는 아버지. 부친이자 스승. 우연에게는 남다른 의미가 있는 사람이다. 그런 사람이 우연에게 물었다.

"우봉산 근처에 있는 여름고등학교를 아느냐?"

"예, 압니다."

오늘도 다녀온 산이다. 그 산 바로 옆에 있는 고등학교를 모를 리 만무했다. 우연의 답을 듣고도 잠시 고민하던 아버지가 말했다.

"그 학교에 가라."

"...예?"

"학교에 다니며 그 학교에 있는 원귀를 찾아 승천시켜라. 퇴마해서는 안 된다."

아버지의 말은 기괴했다. 감히 비교하자면 오늘 본 그 존재보다 더했다. 그럼에도 단 하나의 쓰잘머리 없는 말조차 한 적 없는 아버지의 말이기에 흘려들을 수도 없었다. 원귀는 사람에게 해를 끼치는 존재다. 퇴마해야 옳다. 그런 원귀를 승천시키기는 까다롭고 단 한 번도 해 본 적 없는 일이기에 거부감이 들었다.

무엇보다 원귀가 된 자에게 그런 기회를 주라는 것부터 이해가 되지 않았다.

아버지는 그런 거부감을 알고 있다는 듯이 말했다.

"너는 지금껏 원귀를 가리지 않고 퇴마해 왔지."

"그래야 옳기 때문입니다."

"아니. 그건 온전한 옳음이 아니다."

아버지가 고개를 저었다. 우연은 이해하지 못하면서도 상대가 아버지, 신석진이었기 때문에 집중했다.

"내가 말해봐야 너는 이해하지 못할 것이다. 이는 내가 줄 수 없는 가르침이다."

"그렇지 않습니다. 말씀해 주시면 배울 수 있습니다."

"분명 학교에서 배울 수 있는 것이 있을 거다. 학교 밖에서 배울 수 있는 것이 있듯이 말이다."

아버지는 단호하게 말을 맺고 눈을 마주쳤다. 곧은 의지. 우연이 늘 존경하던 것이었다.

그럼에도 우연은 고민했다. 우연의 고민을 안다는 듯이 아버지가 고개를 끄덕였다.

"생각해 보도록 해라."

홀로 방에 들어온 우연은 가방에서 도끼를 꺼내 날을 갈았다. 우연은 보통 도끼를 갈며 생각을 정리하곤 했다. 오늘 같은 날 도끼를 가는 일은 적격이었다. 날카롭게 갈린 도끼를 책상 위에 놓고 오늘 얻은 3개의 구슬을 서랍에 넣었다. 서랍은 이미 구슬로 꽉 차 있었다.

'슬슬 팔아야겠네.'

하나씩 팔기는 아무래도 손이 많이 가다 보니 일정한 양이 모이면 한 번에 팔곤 했다. 그런 식으로 해서 모은 돈이 일반인이 보기에는 벌써 엄청났다. 구슬 하나당 100만 원꼴이니 우연의 기준으로는 많이 모든 건 아니긴 했다.

우연은 그 구슬 중 하나를 손에 쥐어 던졌다 잡았다 거리며 고민했다. 구슬을 얻지 못해 안달인 세상 사람들이 보면 기함할 일이었다.

'하나의 원귀, 하나의 구슬.'

하나를 퇴마하면 하나의 구슬이 나온다. 해 본 적 없지만 승천시키면 이런 구슬이 나오지 않는다고 들었다. 세상에 승천시키는 자들보다 퇴마사가 더 많은 이유였다. 하지만 그런 건 우연에게 부가적인 이유였다. 우연은 구슬에 가치를 둔 적이 없었으니까. 우연의 고민은 다른 것이었다.

'학교라…'

평생 자신과는 관련 없으리라 생각한 장소. 성인까지 1년도 남지 않은 19살이 되어서야 그 장소와 연이 닿았다.

'한번 가보지 뭐.'

지금까지 쉴 새 없이 퇴마를 해왔으니, 학교에 다니며 조금 쉬어도 될 것이다. 어차피 '그'를 죽이는 것도 어느 정도 힘이 쌓인 20대 때에 하려고 했으니 말이다. 우연은 그렇게 생각하며 입꼬리를 씰룩였다. 그게 최연소 엘리트 퇴마사 신우연이 학교에 가게 된 까닭이었다.

○

등굣길.

우연은 본 등교 시간보다 일찍 나왔다. 그래서 그런지 주위에 사람 하나 없다. 사실 이런 시골에서는 본격적인 등교 시간에도 사람이 그렇게 많지는 않았다.

'전교생이 50명이 안 된다고 했지.'

우연의 경우만 해도 14명이 한 학년의 전부였다. 시골은 그렇다. 도시는 고개를 돌리는 곳마다 사람이 있다고 하는데 시골은 고개를 돌리면 자연만이 있을 뿐이다. 어렸을 때 배운 내용

방과 후 퇴마사

에서 이어진 의문이 다시금 떠올랐다.

'사람이 많을수록 많은 원귀가 많다.'

이건 배운 내용.

'그런데 왜 우리는 도시에 비해 원귀가 몇 없는 시골에서 퇴마하는 걸까.'

이건 이어진 의문.

지금까지 답을 찾지 못했다. 아버지의 뜻이 다 있을 것이다. 그렇게 생각하면서도 아직 자신을 이해시킬 답을 찾으려 했지만 찾지 못했다. 아니, 짐작이 가는 것이 있긴 했다. 하나의 가정이 성립되면 이 모든 것들이 맞아떨어진다.

'우리는, 아버지와 나는 누군가로부터 숨어 사는 중이다.'

하지만 왜? 누구로부터? 생각이 조금 더 깊게 이어지려던 찰나, 뒤에서 달려오는 기척이 느껴졌다. 고개를 돌리자, 우연이 입은 것과 같은 교복을 입은 남자애가 있었다.

'기척이 거의 없네.'

우연은 남자애를 유심히 살폈다. 혼혈인건지 엄청난 장신인데다 주황색 머리에 갈색 눈동자를 가진 그 애는 우연과 눈이 마주치자 환하게 웃었다.

"안녕!"

이런 상황이 낯선 우연이 떨떠름하게 굳어 있었음에도 개의치 않고 살갑게 말을 붙였다.

"이번에 전학 온다는 애가 너구나!"

"...어떻게 알았어?"

"그냥 왠지 그럴 것 같았어."

경계심이 깃든 물음에 발랄한 답이 돌아오자, 우연은 고개를 끄덕였다. 생각해 보니 전교생이 50명이니 서로 얼굴은 알겠다, 싶었다.

"나는 김준효라고 해. 너는 이름이 뭐야?"

"신우연."

"오오, 이름도 꼭 너 같다!!"

반사적으로 김준효를 바라보자, 김준효가 해맑게 웃었다.

"좋은 뜻이야, 좋은 뜻!"

별말 없이 고개를 돌렸다. 김준효라는 애는 뭔가 불편했다. 꼭 인위적으로 자신을 꾸민 것만 같은 이질감이 들었다.

'처음 본 애한테 이런 생각을 하는 것도 이상하지만.'

"너 말고도 전학 온다는 애가 한 명 더 있어. 그 애는 학폭 가해자라는 소문이 있더라고."

"전학 온 거라며. 그 소문이 여기까지 나 있어?"

"소문은 원래 사람보다 빠르거든. 특히 나 같은 인싸의 귀에는 제일 먼저 들어오는 법이야."

".....'

"진짠데? 나 우리 학교에서 모르는 애가 없어. 물론 전교생이 50명 안되긴 하지만."

김준효가 유쾌하게 말하자 우연은 고개를 끄덕였다. 소문에

방과 후 퇴마사

밝은 놈인 듯싶었다. 뒤늦게 김준효에게 물었다.

"학교에서 일어나는 괴담에 대해서도 알아?"

"물론 알지!"

선선히 고개를 끄덕였다. 김준효는 물어보지 않은 내용까지
줄줄이 말했다.

"우리 3학년 교실 칠판에 저절로 글씨가 써진다는 소문도
있고 느티나무 앞에서 귀신을 봤다는 소문도 있어! 학교 옆에
있는 우봉산도 으스스해서 관련 괴담이 많아."

"그렇구나. 고마워."

"천만해."

우연은 김준효가 말해준 것들을 하나하나 기억에 새겨넣
었다. 김준효는 우연을 이상하게 보지 않았다. 괴담에 대해 자
세히 물어봐도 루머에 관심 많은 흔한 애인 줄 안 모양이다. 별
의심없이 아는 것을 다 말해줬다.

"그리고 가장 큰 괴담은 교장 선생님에 대한 거야."

"교장 선생님?"

"교장 선생님이 귀신을 숭배하는 집단의 수장이라는 소문
이 있어."

의외의 얘기에 우연은 자신도 모르게 시선을 집중했다. 김
준효는 그에 으쓱했는지 주절주절 말했다. 시선이 모이면 으쓱
하는 게 제 나이 또래 남자아이 다웠다.

"밤에 부적을 가지고 돌아다니는 걸 봤다는 애도 있고 운동

장에서 혼자 칼춤 추는 걸 본 애도 있어. 이건 증인이 있으니까 사실에 가까워."

우연은 고개를 끄덕였다. 확실히 그건 수상한 일이었다. 혼자 생각에 잠기려는 찰나 옆에 사람이 있다는 것을 깨달았다. 우연은 처음 본 자신에게 이런 정보를 말해준 김준효에게 진심을 담아 말했다.

"좋은 정보 고마워."

"어차피 떠도는 소문에 불과해."

김준효의 말을 듣고 우연은 고민에 잠겼다. 그래서 보지 못했다. 김준효의 웃음이 사라진 얼굴을.

'재미있는 애가 전학 왔네.'

과장된 웃음이 아닌 진심에서 우러나오는, 어딘가 소름 끼치는 웃음을 지었다.

'곱게 아끼던 딸을 무슨 일로 보냈는지는 모르겠지만. 그건 차차 알아가면 되겠지.'

신석진. 그리고 신우연. 앞으로의 생활이 피곤해질지 재미있어질지 혹은 둘 다일지. 김준효는 다시 방긋 웃어 무해한 표정을 만들었다.

"우연아, 같이 가!!"

○

학교는 어딘가 음산하면서도 평화로웠다. 학교가 음산해 보이는 건 볕이 잘 들지 않아서 그런 거라며 김준효가 웃었다. 하지만 우연은 다르게 느꼈다.

'이건 볕 때문이 아니야.'

부드러움을 가장한 서늘함. 뒷골을 쓰다듬는 차가운 손길. 분명 이 느낌은, 원귀다. 심지어 하나가 아니라 여럿인 게 분명했다. 하지만 아무리 기운을 집중하려 애써도 그 외에 느껴지는 것은 없었다.

'강한 원귀일수록 자신을 감출 수 있다더니.'

문서로만 보던 일이 실제로 벌어지자 조금 당황스러웠다.

"뭐해?"

신발장 앞에서 원귀의 기운을 느끼며 가만히 있자 준효가 이상하다는 듯이 물었다.

"아무것도 아니야."

반사적으로 말했다. 그에 잠시 우연을 바라보던 준효가 생긋 웃으며 고개를 끄덕였다.

"우리 반은 왼쪽으로 쭉 가면 나와. 근데 너는 아마 선생님께 먼저 가봐야 할 거야."

"응. 알겠어."

준효와 헤어지고 복도를 걸었다. 복도는 삐걱 소리가 날 만큼 낡아 있었다. 벽도 관리한 것 같았지만 세월의 흔적이 남아 더러운 느낌을 줬다. 교무실 앞에 도착해 노크했다. 선생님의 대답이 들리자, 문을 열고 들어갔다.

"안녕하세요."

조용하고 엄숙한 분위기에 덩달아 작게 인사하자 선생님들이 맞춘 듯이 생긋 웃었다. 그 모습이 짜 맞추기라도 한 듯이 정갈했다.

"네가 우연이구나. 반가워."

하얀 원피스를 입은 담임 선생님이 우연의 앞으로 사뿐 나와 인사했다. 우연은 그에 고개를 살짝 숙였다. 담임 선생님 옆에는 한 여자애가 있었다. 옅은 밀색 머리에 푸른 눈동자를 한 여자애는 어딘가 넋이 나간 인상이었다. 그럼에도 날이 서 있는 게 느껴져 시선이 갔다. 그 여자애를 바라보는 것을 알았는지 선생님이 몸을 살짝 비켜 여자애가 더 잘 보이게 섰다.

"인사해. 너와 함께 전학 오게 된 설윤이야. 윤아, 저쪽은 함께 전학 오게 된 신우연이야."

설윤은 그제야 우연을 짧게 바라봤다가 고개를 돌렸다. 담임 선생님이 호호 웃었다.

"윤이가 낯을 가리는 모양이네. 우연이가 이해해 줘."

"네."

짧게 대화를 끝내고 선생님은 출석부를 챙겨 교무실을 나갔다. 우연과 설윤은 그런 선생님의 뒤를 따랐다.

"자, 종 쳤어. 다들 조용."

반에 도착하자 선생님은 크게 목소리를 높이며 반의 문을 열고 들어갔다. 선생님의 목소리에 애들은 쥐 죽은 듯이 조용해졌다. 교탁 앞에 선 선생님이 오라는 듯이 눈짓하자 나와 설윤이 들어갔다. 웅성거리는 소리가 들렸다. 김준효는 눈이 마주치자 작게 눈인사했다. 그 외에는 당연한 말이지만 거의 처음 보는 애들이었다.

"자, 이쪽은 설윤과 신우연. 전학생이야. 친하게 지내야 한다?"

애들이 지루한 듯이 네-라고, 대답했다. 선생님이 인사하라는 듯이 설윤에게 눈짓했다.

설윤은 반 애들을 바라보다가 성큼성큼 빈 자리에 가서 앉았다. 반이 싸늘하게 조용해졌다.

"윤이가 낯을 가리나 보네."

선생님이 애써 웃으며 말한 다음 내게 눈짓했다.

"나는 신우연. 앞으로 잘 부탁해."

애들은 여전히 조용했다. 하지만 아까보다 분위기가 풀어진 게 느껴졌다. 선생님은 잘했다는 듯이 빈자리에 가서 앉으라 했다. 비어 있는 자리는 설윤 옆자리 말고도 많았기에 적당히 뒷자리에 가 앉았다.

"반장은 종례 끝나고 전학생들 안내해 줘."

"네, 선생님."

반장이 순종적으로 답했다.

반장은 본인을 이민석이라고 소개한 후 학교를 안내시켜
주기 시작했다. 시골에 있는 학교치고 겉으로 보이는 것보다
컸다. 오며 가며 본 것이 전부였던 학교의 내부는 생각보다 낡
아 있었다. 운동장, 교무실, 교실이 늘어서 있는 복도를 반장과
함께 오갔다. 꽤 긴 시간이었음에도 세 사람 사이 오간 말은 없
었다. 반장이 일방적으로 소개했고 우연은 고개를 끄덕였으며
설윤은 멍하니 있었다. 마지막으로 체육관을 소개해 준 반장은
이내 심드렁히 끝이라고 말하고 사라졌다.

설윤과 둘만 남았다. 우연은 옆에 서 있는 설윤을 힐끔 바라
봤다. 조금 망설이다 영혼이 없는 것 같은 설윤에게 인사했다.

"안녕."

설윤은 고개를 돌려 우연의 인사를 무시했다. 선생님 말씀
대로 낯을 가리는 모양이다. 그때 작지만 똑바른 목소리가 들
렸다.

"소문 못 들었어?"

"무슨 소문?"

무심히 되묻자, 설윤이 조소하며 말했다.

"내가 학폭 가해자인 거."

"...."

"그거 헛소문 아니야. 어쩌면 진실이 소문보다 더 심할 때가
있어."

우연은 얌전히 입을 다물었다. 아무래도 낯을 가리는 게 아

방과 후 퇴마사

니라 칼을 가는 중이었던 모양이다. 그와 별개로 말을 무시하지 않고 답했다.

"알고 있어. 네가 학폭 가해자인 거."

"근데 왜 말을 걸었어?"

"네가 거기 있길래."

우연의 말에 설윤은 어처구니없는 얼굴을 했다. 처음으로 얼굴에 떠오른 표정이었다. 아무래도 진짜 영혼이 없는 건 아닌 모양이다. 당연한 사실을 확인하며 안도했다. 우연도 사실 자기 말이 얼마나 어처구니없는지 알고 있었다. 설윤은 우연을 노려보다 반장처럼 뒤돌아 사라졌다. 우연은 그때부터 직감했다. 이 학교생활이 생각했던 것처럼 평화롭지 못할 것이라는 사실을.

○

늦은 밤이었다. 밤이라기보다는 새벽에 가까운 시간. 그 시간에 설윤은 학교에 혼자 남아 공부를 하고 있었다. 전학 오며 새 삶을 살겠다고 스스로 다짐했기 때문이다. 새 삶이라고 해봐야 평범한 삶이지만.

'수능이 얼마 안 남았어.'

그런데도 학교에서 공부하지 않고 집으로 사라진 반 애들이 한심했다. 하지만 혼자 공부를 하게 된 건 설윤에게는 더없이 좋은 일이었다. 비단 집중만을 말하는 게 아니었다.

'이 정도 수준이라면 내신으로는 1등급 받는 것도 수월할지도.'

설윤은 그렇게 반쯤 강제로 전학 온 자신을 위로했다.

그때였다. 어디선가 발걸음 소리가 들렸다. 복도가 낡아서 삐걱거렸기에 어렵지 않게 그 기척을 알아챌 수 있었다.

'경비 아저씨인가?'

설윤은 힐끔 반을 가로막은 문 쪽을 쳐다봤다. 문에 달린 창에는 어떤 잔상도 비치지 않았다.

삐걱.

더 가까이서 들려오는 소리를 애써 무시하며 설윤은 샤프를 그러쥐었다. 삐걱거리던 소리가 쿵쿵거리는 소리로 바뀌었을 때가 되어서야 설윤은 깊이 숙이고 있던 고개를 들었다.

'경비 아저씨가…. 저렇게 복도를 뛰어다니시나?'

학교가 낡아서 바람에 나는 소리라기에는 지나쳤다. 그제서야 샤프를 내려놓고 문 쪽으로 다가갔다. 삐걱거리는 소리가 여전히 가까이서 귓가를 울렸다. 설윤은 자기도 모르게 굳은 팔을 들어 문을 열었다. 만약 문 너머에 흔히 말하는 귀신이 있다면 무서운 건 둘째 치고 죽을 수도 있기 때문이다. 그렇게 긴장하며 열은 문 너머에는-

"너는….'

우연이 있었다. 평소와 같이 넋이 나간 얼굴로 물었다.

"네가 왜 여기 있어?"

우연이 어색하게 웃었다. 곧 어차피 제 알 바가 아니라 생각했기에 설윤은 다시 자리에 가 앉았다.

우연을 힐끔 보며 다시 물었다.

"여기 있는 건 그렇다 쳐. 근데 아까는 왜 그렇게 뛰어다닌 거야?"

"뛰다니?"

"복도 끝과 끝을 계속해서 뛰어다녔잖아."

우연은 여전히 답했다.

"나는 방금 여기로 걸어왔는데?"

설윤은 다시금 몸이 굳으려 하자 머리를 저었다.

"거짓말하지 마. 아까부터 계속 뛰어다녔잖아."

"아니야. 난 걸어왔고, 여기에 도착한 것도 방금이야."

설윤의 얼굴이 굳어졌다.

"근데 너는 왜 아무렇지 않아…? 네가 아닌 누군가가 여기를 뛰어다녔다는데!"

"그게 누구든….."

우연이 창문을 바라봤다. 어두워진 창은 밤의 서늘함을 담고 있었다.

"내가 이겨."

설윤은 우연의 말에 어이가 없다는 얼굴을 했다. 설윤이 다시금 어처구니없다는 듯이 "뭐?"라고 되묻자, 우연이 답했다.

"난 강하거든."

그렇다고 한들, 퇴마사가 아닌 이상 귀신으로부터 살아남기는 힘들다. 그 사실을 깨닫자 오싹 소름이 돋았다. 이제야 새 인생을 살기로 결심했는데 죽을 수는 없다. 이내 공부하던 것들을 토하듯이 가방에 쏟아부었다. 뒤늦게 왜 늦은 시간이 되도록 개미 한 마리 없었는지 이해했다. 설윤은 고개를 푹 숙이고 말했다.

"갈 거야. 여기 이상해."

"그러게 왜 밤에 학교에 남아 있었어."

"그게 무슨 말이야?"

"나도 오늘 전학 오면서 들었는데 여기 괴담이 많더라."

설윤은 멈칫 몸을 굳히고 억지로 고개를 들었다.

"괴담은 무슨 괴담. 설령 그렇다고 한들 이렇게 대놓고 사람을 공격할 수는 없어."

"그렇게 믿고 싶어?"

의미심장하게 되묻자, 설윤은 우연이 자신을 놀리고 있다는 생각이 들어 발끈했다. 그때였다.

삐걱, 삐걱.

누군가 교실로 들어왔다. 설윤은 가방에 물건을 넣는 모습 그대로 굳어버렸다. 태연한 건 우연뿐이었다.

드르륵, 드륵.

어떤 소리가 아까보다 가까이에서 울렸다. 설윤은 삐걱거리는 머리를 그 소리가 나는 곳으로 돌렸다. 그 소리는 분필에서 비롯되고 있었다. 정확히 말하면 분필이 홀로 칠판에 글씨를 적고 있었다. 설윤은 비명도 지르지 못한 채 굳어 분필을 바라봤다.

[안녕_반가워.]

우연이 분필 쪽으로 다가갔다. 그러지 말라고 외치고 싶었지만 이미 가위에 눌린 듯이 굳어져 아무 말도 나오지 않았다. 설윤은 눈을 질끈 감았다. 또다시 자신에게 호의를 드러낸 누군가가 죽는 걸 보고 싶지는 않았다.

'나 때문이야.'

설윤은 그렇게 생각하며 손을 말아 쥐었다.

아무렇지 않게 다가간 우연이 분필을 잡았다. 분필은 쉽게 우연의 손에 들어왔다. 그때 고함이 울렸다.

안녕, 반가워. 안녕, 반가워. 안녕, 반가워.

나랑 놀아줄 거지? 나랑 놀아줄 거지? 나랑 놀아줄 거지?

고함은 점점 말을 알아들을 수 없을 만큼 커졌다. 또, 성대가 결절된 듯이 기괴하고 소름이 돋는 소리가 났다. 설윤은 귀를 틀어막고 눈을 질끈 감았다. 귀를 막아도 소리는 머리를 울렸다. 옆에서 서늘한 기운이 느껴졌다. 마치 뒷머리를 동굴의 입김이 쓰다듬는 것 같았다. 누군가 귀에 입술을 가져다 댔다. 도저히 사람의 체온이라고 믿을 수 없을 정도로 차가웠다. 설윤은 눈을 부릅떴다. 그 누군가가 속삭였다. 목소리가 갈라져 집중하지 않으면 못알아들을 법한 속삭임이었다.

안녕, 언니?

설윤은 그제야 고막이 찢어지도록 비명을 내질렀다. 귓가에 닿은 것을 떼어낼 생각조차 하지 못하고 엉금엉금 기어갔다. 뒤에서 웃음소리가 들렸다. 설윤은 소름이 돋았고 몸이 벌벌 떨렸다.

"진정해."

정신을 못 차리고 벌벌 떨고 있는 설윤에게 사람의 온기가 닿았다. 팔목을 잡아 오는 손도 따뜻했다. 설윤은 그 온기에 매달렸다. 같이 죽게 생겼음에도 공포가 조금 가시는 것 같다.

○

색, 새액 숨을 내쉬는 설윤을 떨어트려 놓고 우연은 배낭에서 도끼를 꺼냈다. 갑자기 등장한 도끼에 설윤이 눈을 동그랗게 뜨고 우연을 바라봤다. 겁에 질린 눈이었다. 어쩌면 저 원귀와 우연을 한패라고 생각하는지도 몰랐다.

우연은 그런 설윤의 반응을 신경 쓸 새도 없이 원귀의 핵을 찾으려 했다. 평소에는 명확히 어디라고 특정할 수 있었는데 이 학교에서는 그렇지 않았다. 이미 학교에는 이 원귀 말고도 많은 원귀가 있었기 때문에 그런 듯했다. 놀랐던 것이 무색하게 설윤은 이제 담담해 보였다. 하지만 그 담담함은 살금살금 기어 온 작은 손에 발목이 잡히며 깨졌다.

"아아악!!"

발목이 잡힌 시점이 되어서야 우연은 원귀의 존재가 제일 짙은 곳이 어디인지 깨달았다. 우연은 바로 그곳을 도끼로 썰었다. 잘린 손은 연기가 되어 사라졌다. 우연은 나타난 원귀를 봤다. 원귀는 땅속에서 고개만을 내민 채 숨어있었다.

'별의별 원귀가 다 있네.'

다시 도끼를 치켜들었을 때 원귀는 이미 땅속으로 꺼지고 없었다. 다시 한번 원귀의 존재에 집중했다. 이번에는 늦지 않을 것이다. 눈을 감고 있던 눈을 떴다. 그리고 교탁을 치우고 바닥을 내리찍었다. 바닥 특유의 단단한 느낌이 울리지 않았다. 물컹하고 둔탁한 느낌이 들었다. 우연은 제대로 내리찍었음을 알아차렸다.

그것의 비명 소리가 들렸다. 사람과 같은 비명이 아닌 짐승의 울부짖음 같은 그 비명은 귀를 멀게 할 것만 같았다. 우연은 손을 바닥에 집어넣었다. 어떤 공간으로 이어져 있었다. 그 공간을 헤집어 원귀의 팔뚝을 잡았다. 그 팔뚝이 생각보다 가늘고 얇았다. 원귀가 우연의 손을 머리로 찍고 물며 난리였다. 원귀였음에도 사람을 공격하면 고통을 느끼게 했다. 이를 악물고 원귀의 중심인 배를 단숨에 도끼로 내려찍으려다 멈칫했다.

'학교에 다니며 그 학교에 있는 원귀를 찾아 승천시켜라. 퇴마해서는 안된다.'

아버지의 목소리가 새삼 귓가를 스치고 갔다. 원귀를 승천시키는 방법은 알고 있다. 다만 그 방법은 번거롭기 그지없었다. 승천이란 도끼에 있는 부적을 떼어 원귀의 과거를 본 후 한을 풀어줘야 했다.

'원귀 따위에게 무슨 과거가 있겠냐마는.'

심드렁히 생각했다. 지금까지 원귀의 과거를 궁금해하지도 알려고 하지도 않았다. 아버지도 그런 우연을 나무라지 않았고 말이다. 하지만 우연은 그럼에도 번거로움을 감수하기로 했다. 아버지를 실망하게 하고 싶지 않았다. 우연은 그 원귀를 내려다봤다. 원귀는 체념한 듯이 격한 움직임이 없었다. 그저 가늘게 떨고 있을 뿐이었다.

우연이 도끼를 들자, 원귀가 흠칫했다. 우연이 그대로 목을 베어버릴 것이라 예상한 모양이다. 원귀가 예상한 것처럼 도끼로 원귀를 내려찍지 않았다. 영원히 쓰지 않을 줄 알았던 부적 하나를 도끼에서 떼어 자신에게 붙이고 원귀의 팔을 잡았다.

원귀의 기억이 흘러들어왔다.

○

고아원은 춥고 배고팠어요. 원장 선생님은 무섭게 저를 노려봤고 남자애들은 제 마른 호밀빵을 가져가며 킬킬 웃었어요.

"부모에게 버림받은 너희가 있을 곳은 이 세상에 없다"

원장 선생님은 늘 그렇게 말씀하셨어요. 저는 원장 선생님의 말씀이 맞는다고 생각했어요. 부모조차 버린 저인데 이런 제가 있을 곳이 생길 리 없잖아요. 하지만 그러면서도 저는 희망을 품었나 봐요. 제가 있을 곳이 있을지도 모른다는, 그런 희망을요.

"나와 함께 갈래?"

어떤 언니가 말했어요. 그 언니는 다정하게 웃었어요. 처음 느껴보는 온기 어린 목소리에 저는 그만 울어버리고 말았어요. 하지만 그런 바보 같은 저에게 언니는 원장님처럼 불같이 화내지 않았어요. 대신 괜찮다는 듯이 따뜻하게 안아줬어요. 저는 한참을 울고 나서야 울음을 멈출 수 있었어요.

언니는 다시 한번 같이 가자고 말했어요. 저는 언니의 손을 잡고 언니를 따라갔어요.

친절하고 착한 언니.

언니는 저를 한 방에 데려다줬어요. 그곳에는 이미 다른 아이들이 여럿 있었어요. 저는 그 아이들과 금방 친해졌어요. 아이들은 대부분 모두 언니를 좋아했어요. 하지만 어떤 이상한 애는 말했어요.

'저 누나, 좀 이상하지 않아?'

우리는 그 아이에게 화를 냈어요. 어떻게 언니를 의심할 수 있냐고 그 아이와 서로 머리를 뜯었어요.

언니는 어느 날부터인가 한 명씩 아이를 데려갔어요. 입양시켜 준다고 했어요.

친절하고 착한 언니.

마침내 아이들은 다 사라지고 저만 남았어요. 언니가 저를 향해 말했어요.

"가자."

언니의 표정은 처음 만났을 때 그대로 온화했어요.

그런데, 언니.

저 아저씨는 누구예요?

새로운 가족일까요?

그런데 그 사람은 왜 저를 아프게 하는 걸까요.

아파요. 눈이 감겨요.

친절하고 착한 언니.

○

"...."

우연은 그 어떤 말도 있지 못했다. 숨을 들이마시고 내쉬기를 몇 번. 하지만 그런 노력에도 불구하고 손은 떨려왔다. 처음이었다. 원귀의 과거를 본 것은.

원귀의 과거는 당연히 악하리라 생각했기에 관심을 두지 않았다. 우연은 계속해서 그래왔고 앞으로도 그랬을 것이다.

'원귀의 겉모습은 악, 그 자체였으니까.'

하지만 이 원귀의, 아이의 과거는 '악' 따위 없었다. 흔히 보이는 약간의 때도 없었다. 전에 들었던 말이 그제야 떠올랐다. 원귀는 한때 혼령이었으며 한때 사람이었다. 하지만 그걸 이런 식으로 깨닫게 될지는 몰랐다.

뒤늦게 지금까지 과거가 어땠는지 알지도 못한 채 퇴마했던 수많은 원귀가 떠올랐다. 도무지 고개를 들 수가 없었다. 우연은 어느새 작은 검은색 덩어리로 변모한 원귀, 아이에게 물었다.

"네 이름은 뭐야?"

푸른 눈이에요.

거칠게 갈라진 목소리에 숨겨진 낭랑함을 찾은 우연은 애써 웃었다.

"그러면 네 미련은 뭐야?"

놀고 싶어요. 그냥 놀고 싶어요.

"그래, 놀자."

우연은 뒤를 돌아 설윤을 바라봤다. 설윤은 영문도 모른 채 굳어 있었다. 설윤은 아이의 과거를 보지 못했으니 이는 당연했다.

"나 좀 도와줄래?"

설윤에게서 답이 없었다. 그럼에도 끈질기게 쳐다보자, 설윤이 한숨을 내쉬곤 말했다.

"....말해봐."

"저 아이와 놀아주려고 해."

설윤의 얼굴이 이해하지 못한 듯이 구겨졌다. 저렇게 더러워 보이는 덩어리를 아이라고 부른 게 이상한 모양이다.

"저것은 방금까지 우리를 공격했어. 죽이려 했다고!"

아이를 내려다봤다. 아이가 다급히 고개를 저었다. 우연은 아이가 하고 싶은 말을 알아차리고 말했다.

"그냥 우리와 놀고 싶었던 것뿐이야."

"뭐?"

설윤이 이해가 안 간다는 듯이 되물었다. 우연이 뭐라 말하려고 하자 설윤이 차갑게 말했다.

"보아하니 너는 퇴마사야. 맞지?"

"…."

"저걸 퇴마하는 게 네 일이잖아."

그러니 제발 저걸 없애 줘. 설윤의 뒷말이 들리는 듯했다. 우연은 말재간이 없었고, 이럴 때 어떻게 설득해야 하는지 몰랐다. 그렇다고 저 아이를 퇴마할 생각은 조금도, 정말 조금도 없었다.

"사람이 죽어 한이 남으면 원귀가 돼."

"그게 무슨…"

"저 아이에게 남은 '한'은 자신을 죽인 사람에 대한 복수가 아니야. 편안히 놀면서 누군가에게 기억되는 것뿐이야."

어느새 눈빛에서 독기가 빠진 설윤이 우연을 바라봤다. 우연은 간절한 마음으로 말했다.

"한 아이를 위로할 수 있게 도와줘."

우연은 다시 한번 말했다. 설윤은 흐트러진 머리를 쓸어 넘겼다. 이내 고개를 끄덕였다. 작게 웃은 우연은 설윤의 마음이 바뀔까 봐 얼른 놀이를 시작했다. 우연과 설윤은 어렸을 때도 하지 않았던 놀이를 했다. 처음 설윤은 거친 목소리로 해맑게 웃는 아이의 목소리를 꺼리는 듯했다.

하지만 곧 그런 아이의 목소리에 적응한 건지 보는 우연이 다 힘들 정도로 최선을 다해 밝은 모습을 흉내 내려고 애썼다. 우리는 아이와 놀았다. 마침내 해가 밝아왔을 때 아이는 검은색 덩어리에서 하얀색 빛을 뿜는 아이가 되어 있었다. 너무 눈이 부셔서 아이의 얼굴을 볼 수 없었다. 하지만 우연은 아이가 웃고 있음을 알았다.

"잘 가."

"고마워요, 착한 언니."

마지막 아이의 목소리는 그 나이 특유의 목소리였다. 설윤은 조금 울 것 같은 얼굴로 아이에게서 시선을 떼지 못하고 있었다. 아이의 웃음소리가 들렸다. 하얀빛이 점점 강해지더니 수그러들었다.

퇴마가 온전한 옳음이 아니다.

우연은 그제서야 아버지의 뜻을 이해했다.

○

설윤과 날이 밝고 나서야 학교를 빠져나왔다. 붉은 태양이 떠오르고 있었다. 붉게 번지는 주위를 봤다. 그제야 뒷감당에 관한 생각이 들었다. 힐끔 설윤의 눈치를 봤다.

"오늘 일은….'

"비밀. 맞지?"

설윤이 대수롭지 않다는 듯이 말했다. 그 얼굴은 무표정했지만, 평소의 넋이 나간 얼굴과는 달라 눈을 뗄 수가 없었다. 학교 정문에 다 와 가도록 설윤은 말이 없었다. 아직도 놀라서 말을 못 잇는 거 같지는 않았다.

"왜 아무것도 안 물어봐?"

참다못한 우연이 먼저 물었다. 설윤의 얼굴에 옅은 미소가 번졌다.

"그냥 네가 있었으니까."

설윤이 말했다. 우연은 말의 뜻을 이해하지 못해 되물었다.

"뭐?"

"내가 말할까 봐 불안해서 그래?"

우연은 그 말뜻조차 이해하지 못하고 입을 다물었다. 설윤은 예상했다는 듯한 투로 말했다.

"그럼 나도 내 비밀을 하나 알려주면 되나."

학폭에 관한 이야기일 것이다. 우연은 그렇게 예상했다. 하지만 설윤은 다른 말을 했다.

"나 사실 사람 죽인 적 있어. 그것도 꽤 많이."

"...."

"나는 살인에 특화된 병기야, 병기."

어투는 짐짓 장난스러웠다. 그럼에도 그 말을 하는 설윤의 얼굴이 무겁고, 슬퍼 보였다. 분위기를 바꾸려 뭐라도 말하려던 때였다.

"근데 오늘은, 처음으로 지키는 일을 했어."

"지키는 일?"

"아이의 마지막을 지키는 일."

이상하게 몇 마디 차이가 안 남에도 그새 설윤은 후련한 얼굴을 하고 있었다. 그 다양한 감정 변화가 신기했다. 설윤은 표정이 거의 없는 애처럼 보였기에 더 그랬다. 우연은 뒤늦게 설윤이 그 원귀를 아이라고 칭했음을 깨달았다. 설윤이 우연을 보고 웃었다.

"난 설윤이라고 해."

일출의 빛을 받아 반짝였다.

"그동안 싹수없게 굴어서 미안해. 그리고…."

설윤이 손을 내밀었다.

"앞으로 잘 부탁해!"

○

"엄마."

부름에 여상히 고개를 돌리는 사람이 있다. 한때 우연의 세상이었던 사람. 그 사람은 우연을 보며 웃었다. 하지만 늘 그랬던 것처럼 우연은 마주 웃지 못했다.

"저, 저기…. 차…."

한 트럭이 우연과 엄마를 향해 돌진하고 있었다. 우연은 무력했다. 더듬더듬 말하는 일밖에 하지 못했다. 엄마처럼 온몸을 다해 소중한 사람을 감쌀 수 있는 용기조차 없었다. 용기가 있었다고 하더라도 짤막한 몸으로 무엇을 할 수 있겠냐마는.

우연은 점점 눈이 감기는 것을 느꼈다. 지금 잠들면 영원히 잠들 것이라는 사실을 알았지만, 너무 아파서 그 잠 속으로 도망치고 싶었다. 환각이었을까? 몸에 하얀빛이 맴돌았다. 우연은 그 빛을 나침반 삼아 흐린 눈으로 그 짧은 사이 엄마를 찾았다.

차에서 튕겨 나간 우연과 달리 엄마는 차 안에 있었다. 차 안에서 우연을 바라보고 있었다. 자꾸 흐려지는 눈을 비벼 제대로 엄마를 보고 싶었지만, 도저히 몸이 움직이지 않았다.

엄마가 얼굴을 찡그렸다.

ㅇ

우연은 눈을 떴다. 또 그 꿈이다. 늘 같은 꿈을 꿈에도 몸은

방과 후 퇴마사

식은땀으로 젖어 있었다. 우연은 그런 자신이 한심하게 느껴져 머리를 헝클어트렸다.

'그때 엄마는 웃었을까, 울었을까.'

지금까지 풀리지 않은 의문이다. 그 하얀 빛이 뭐였는지 보다 그게 더 궁금했다. 침대에서 일어나 늘 그랬듯 배낭에서 도끼를 꺼냈다. 지난번에 부적을 하나 썼지만 도끼의 손잡이는 여전히 많은 부적으로 매여져 있었다. 엄마는 도끼를 잘 다뤘다고 했다. 그래서 아버지는 우연에게 도끼에 재능이 있다는 것을 안 다음 엄마가 쓰던 도끼를 물려줬다. 그래서인지 이 날붙이가 애틋해지는건 어쩔 수 없는 일이었다.

"우연아!"

누군가 부르는 소리에 우연은 아침부터 이어져 온 상념에서 벗어났다. 뒤를 돌아보니 그곳에는 설윤이 있었다.

"안녕."

어제와 달리 인사를 해오는 설윤이 낯설어 잠깐 멈칫했다가 마주 인사했다. 설윤은 그에 기쁜 듯이 웃었다. 우연은 그 웃음이 좋아 피식 웃었다.

"근데 학교에서 떠도는 괴담이란 게 뭐야?"

대뜸 설윤이 물었다. 우연은 온전히 상념에서 벗어나 답했다.

"나도 어제 들은 거라 잘은 몰라. 칠판에 저절로 글씨가 써진다는 소문은…. 어제 그 아이가 벌인 일인 것 같고. 느티나무 앞에서 귀신을 봤다는 소문이랑 학교 옆에 있는 우봉산도 으스스해서 관련 괴담이 많다고 하더라."

"작은 시골 학교 주제에 괴담이 뭐 이렇게 많대."

"가장 유명한 괴담은 교장 선생님에 대한 거라니까 학교 자체가 이상하다고 볼 수 있지."

우연의 말에 설윤이 고개를 끄덕였다. 진짜 이상한 학교긴 했다. 설윤이 뭔가를 말하려는 듯이 입을 열었다 닫았다거리며 눈치를 봤다.

"궁금한 거 있으면 물어."

"어? 아…. 응."

머쓱한 얼굴을 한 설윤이 조심스럽게 물었다.

"어제 그 아이는 어떻게 된 거야?"

"나도 죽어본 적은 없어서 몰라. 아마 흔히 말하는 천국에 가지 않았을까."

설윤은 그제야 후련하다는 듯이 고개를 끄덕였다.

"이게 누구야! 우리 전학생들 아니야?"

요란스럽게 말하며 어깨를 짚는 김준효의 행동에 우연은 무의식적으로 손목을 꺾어 버릴 뻔했다. 처음처럼 김준효는 기척 없이 등장했다.

'원래 기척이 적은 애인가?'

아니면 내가 둔해졌나? 갸웃하는 찰나 김준효는 우연과 설윤을 한번씩 보더니 웃었다.

"둘이 언제 친해졌대?"

"네가 신경 쓸 일은 아닌 것 같은데."

설윤이 날을 세우며 말했다. 우연은 설윤의 목소리가 심상치 않아 둘이 무슨 일이 있었나 싶어 바라봤다. 하지만 이내 고개를 저었다.

'무슨 일이 있었을 리 없지.'

그도 그렇게 설윤은 우연과 함께 어제 막 전학왔다. 저녁부터 일출까지 설윤은 우연과 있었다. 무슨 일이 있었을 리 없다.

"나는 그냥 우리 전학생들이랑 친해지고 싶어서 그렇지. 그래도 나랑 우연이는 친해. 안 그래, 우연아?"

웃으며 묻는 말에 우연은 시선을 회피했다. 우연의 무시에 김준효가 우는소리를 했다. 하지만 설윤이나 준효나 우연에게는 매한가지로 낯선 이방인일 뿐이었다. 셋이서 함께 가니 교실까지는 금방이었다. 교실 교문을 딱 열고 들어가자, 종이 쳤다.

"아슬아슬했다, 그렇지?"

김준효가 살갑게 웃으며 물었다. 우연은 자리에 가 앉았다. 그때 학교 방송이 울렸다. 오랜만에 작동한 모양인지 찌지직 소리가 났다.

[아아. 마이크 테스트. 여름고등학교 학생 여러분. 안녕하십니까? 다름이 아니라 최근 납치 사건이 잦아 이런 방송을 하게 되었습니다. 일찍 여럿이서 다니시고 하굣길 조심하십시오. 이

상입니다.]

방송은 같은 내용을 두 번 말한 후 꺼졌다. 방송의 내용에 반 아이들이 술렁였다. 대충 술렁이는 내용을 들어보니 이미 마을에서는 유명한 일이었나 보다.

'한번 조사를 해봐야겠네.'

범인이 원귀라면 질을 봐서 퇴마 혹은 승천시키면 되고 범인이 사람이라면 경찰에게 넘기면 될 일이었다. 우연 본인은 알아차리지 못했지만, 어느새 원귀의 퇴마가 아닌 승천을 염두에 뒀다. 하루 사이 일어났다기에는 놀라운 변화였다.

'웬만해서는 사람이 벌인 일일 테지만…. 뭔가 등골이 싸하단 말이지.'

이럴 때는 보통 원귀의 짓이었다. 우연의 감은 절반의 확률로 맞아떨어졌으니 믿을 만했다. 그때 술렁이는 분위기를 깨고 담임 선생님이 들어왔다. 담임 선생님은 뭐가 가득 담긴 바구니를 가지고 왔다. 모두의 이목이 쏠렸다.

"오늘은 우봉산에서 보물찾기할 거예요. 세상이 흉흉하니 세 명씩 팀이 되어 움직이도록 해요!"

연보라색 머리의 여자애가 손을 들어 질문했다. 이름은 이수영이라고 했나?

"세 명씩 팀은 어떻게 나눠요?"

"아, 그건 제비뽑기로 나눌 거야."

애들에게서 우우-하는 소리가 들려와도 선생님은 아랑곳하지 않고 준비해온 제비를 돌렸다.

[빨간색]

우연이 뽑은 제비였다.

"같은 색깔끼리 모여서 한 팀이 되도록 하자! 노란색은 두 명이서 한 팀이야. 알겠지?"

선생님이 하는 말이 끝나자마자 반애들이 각자 뽑은 색깔을 외쳤다. 뒤에서 김준효가 머리를 들이밀었다.

"빨간색을 뽑았네? 아쉽다. 난 초록색인데."

"어? 너 초록색이야? 나도 초록색이야!"

김준효의 말이 끝나기 무섭게 이수영이 자신이 뽑은 제비를 보여주며 말했다. 준효가 어깨를 으쓱였다. 우연을 진득이 바라보다가 김준효가 말했다.

"행운을 빌어."

"너도."

짧게 대꾸하곤 빨간색을 뽑은 애들을 찾으려 두리번거렸다. 그때 우연의 등을 누가 콕콕 쳤다.

"나도 빨간색이야."

설윤이 눈을 반짝이며 말했다. 그 뒤에 나타난 반장, 이민석도 자기 제비를 보여줬다. 모두 빨간색이었다.

"그럼 이렇게 셋이 한 팀이네."

어차피 어린애 장난 같은 놀이를 하는데 팀은 의미가 없겠지만 말이다.

○

　우연과 설윤, 이민석은 선생님의 안내를 따라 우봉산에 도착한 후 다른 애들과 흩어졌다. 그다음 셋이 산을 올랐다. 산을 오르기 시작한 지 얼마 안 됐는데도 이민석은 지친 기색이었다. 반면 설윤은 쌩쌩하다.

　"여기서 쉬고 있을래?"

　"아니. 그럴 수는 없어."

　땀을 삐질삐질 흘리면서도 민석은 고개를 단호히 저었다. 우연은 굳이 두 번 권하지 않고 위로 올라갔다. 민석이 물었다.

　"근데 왜 계속 위로 올라가는 거야?"

　"위에서부터 아래로 내려오며 찾는 게 더 좋을 것 같아서. 다른 방법을 말해주면 고려해 볼 수 있긴 해."

　아래서부터 차근차근 찾아보자고 말할 것 같던 민석은 의외로 고개를 저었다. 우연은 문득 멈춰 섰다. 저번에 기억해 뒀던 산꼭대기의 냄새가 점점 멀어져 간다. 마치 산을 오르는 게 아니라 내려가고 있는 것처럼.

　"여기가 어딘지 알겠어?"

　"어딘지는 모르지만 이대로 내려가면 산 도입부라는 건 알아."

　이민석이 답했다. 우연은 하얗게 굳어 있었다. 이를 눈치챈 설윤이 물었다.

"무슨 일 있어? 너 안색이 왜 이렇게 하얗게 질렸어?"

"내가? 하얗게 질렸다고?"

몰랐다는 듯이 되묻자, 설윤의 얼굴이 미묘해졌다.

"내려가 봐야겠어."

"뭐? 갑자기?"

"길을 잃은 것 같아."

우연의 말에 이민석은 어이없다는 얼굴을 했다. 직선으로 올라왔는데 길을 잃는다는 게 현실적으로 말이 안 되긴 했다.

민석을 배려해 우연이 말했다.

"넌 여기서 기다리고 있어. 나 혼자 다녀올게."

"선생님이 같이 다니라고 하셨잖아."

"그럼 같이 갈래?"

"...길 잃은 게 아닌지 확인해 보는 것도 중요하긴 하니까. 하지만 내 생각에 절대 길을 잃었을 리 없어."

"고마워."

이민석은 사실상 말이 안 되는 걸 확인하려고 하는 우연의 뜻을 따랐다. 그렇게 세 사람은 산에서 내려가기 시작했다. 산에 올라온 시간만큼 내려왔을 때였다. 본래 내려가는 게 더 시간이 오래 안 걸려야 정상이다.

"이게…. 뭐야? 여기 어디야?"

그제야 민석은 주위를 둘러봤다. 같은 나무, 같은 땅이지만 생소했다. 우연은 핸드폰을 꺼내 담임 선생님에게 전화를 걸었다.

"연결됐어?"

민석이 떨면서 물었다.

"아예 전파가 안 잡혀."

우연은 몇 번 더 전화를 시도하다가 그만뒀다. 전화 연결음조차 없이 침묵이 맴돌자, 이민석이 애써 차분히 말했다.

"여기서 기다리면 선생님이 우리를 데리러 오실 거야."

"정말 그렇게 생각해?"

우연이 되묻자, 이민석이 입을 다물었다. 정말 데리러 온다고 해도 그때 시간이 얼마나 지나 있을지 몰랐다.

우연은 눈을 감았다. 이민석이 부르는 소리가 들렸지만 무시했다. 평소처럼 눈앞에 들이밀 듯이 느껴지던 기운은 없다. 하지만 눈을 감고 집중하자 희미한 실 같은 기운이 옆을 스쳤다. 우연은 눈을 뜨고 그 실을 잡아챘다. 꽤애액!! 언젠가 들어본 돼지 멱 따는 소리와 비슷한 비명이 울렸다.

그것이 드러났다. 그것, 원귀는 저번의 산에서 봤던 원귀와 달랐다. 세상 사람들이 각각 다르듯이 원귀도 기본적인 틀만 유지한 채 다르다. 하지만 이 원귀만큼 사람의 형태에서 벗어난 모습은 또 처음이었다. 원귀는 언뜻 보기에 짐승의 모습을 하고 있었다. 하지만 얼굴의 이목구비는 사람의 것을 따온 모습이다.

이민석은 반쯤 기절해 있었고 설윤은 우연을 바라보고 있었다. 우연은 도끼를 꺼내 그러쥐었다.

우연은 원귀의 상태를 빠르게 파악했다.

'악의의 농도가 짙어. 그리고 몸은 변형돼 있군.'

한마디로 사람을 해친 적 있는 원귀이다. 그런 원귀에게 승천의 자비를 베풀 이유는 없었다. 우연은 목을 베기 위해 도끼를 치켜들었다가 들려오는 말에 멈칫했다.

"목, 목을 노려!"

어느새 정신을 차린 반장이 외쳤다. 우연은 새삼스러운 얼굴로 반장을 바라봤다. 대부분 원귀가 목이 약점인 건 알고 있다. 하지만 우연 또한 배워서 안 것인데 반장이 어떻게 알고 있느냐가 문제였다. 하지만 오래 고민할 시간도 없이 원귀가 달려들었다. 몸통에 여러 개 달린 커다란 다리가 날렵하게 변했다.

우연은 피하면서 몸에 닿으려 하는 다리 몇 개를 썰었다. 하지만 원귀에게 그 정도는 금방 재생될 뿐이었다.

'목 말고 다른 약점이 있을 텐데.'

이게 우연의 문제 중 하나였다. 기본적 싸우는 능력은 뛰어나지만 상대의 약점을 잘 파악하지 못한다. 우연은 또다시 덤벼드는 원귀를 계속해서 피하기만 했다. 어쩌다 한번 살갗을 찍어도 금새 회복됐다. 피하면서 원귀를 살폈다.

다리가 여러 개 달린 원귀는 공격을 하면서도 빈틈없이 목

을 보호하고 있었다. 그런 원귀를 상대하기 위해서는 돌파구가
필요했다.

그나마 다행인 점은 이곳이 산이라는 것이다. 산이라는 지
형은 우연에게 유리했다. 우연은 그 지형을 이용해 나무를 밟
고 배낭을 던졌다. 원귀의 다리가 자신을 향해 날아오는 배낭을
반으로 갈랐다. 그때 이민석이 외쳤다. 목소리는 떨리고 있었지
만, 발음은 명확했다.

"눈이야. 눈을 찔러."

본능적으로 그 외침을 따라 눈을 도끼로 찍었다. 잠시 원귀
의 움직임이 멈췄다. 그것도 잠시 끔찍한 비명이 울렸다. 원귀
가 몸부림쳤다. 아까처럼 목을 철저히 보호하며 움직이는 게 아
닌 고통에 따라 움직이는 것 같았다.

우연은 그 빈틈을 놓치지 않고 도끼를 치켜들어 목을 쳤다.
여러 번 찍어서 넘겨서는 안 됐다. 단숨에 목을 떨어트려야
했다. 그리고 우연은 단숨에 그 어떤 두꺼운 것도 베어내는 법
을 알았다. 원귀의 다리들이 허우적거리며 주위 모든 것을 공격
했다. 하지만 우연은 그걸 피할 여유가 없었다. 도끼가 부드러
운 곡선을 그려 얇은 선에 닿았고 그 선을 끊었다. 그와 동시에
원귀의 머리가 떨어졌다.

우연은 가쁜 숨을 가다듬었다. 이민석은 언제 거의 기절 직
전까지 갔냐는 듯이 덤덤한 얼굴로 우연을 바라보고 있었다. 일
단 목이 떨어지고 몸통이 검은색 연기가 되어 사라졌다. 그 과

정이 끝나고 남은 구슬을 주워 주머니에 넣었다. 그다음 이민석에게 다가갔다. 이민석은 우연이 자신에게 다가오고 있다는 것을 알았음에도 피하지 않았다. 그저 기다렸다.

"우연아, 너…."

설윤의 떨리는 목소리가 들렸지만 무시했다. 우연은 이민석에게 말했다.

"고맙다."

이민석은 의외의 말을 들은 듯이 피식 웃었다.

"그건 내가 할 말이잖아."

이민석이 말했다. 그 말에 입 다물라는 이야기를 어떻게 할지 고민하던 우연의 옷자락을 설윤이 살포시 쥐었다. 그제야 우연은 설윤을 바라봤다.

"너…. 팔이…."

팔을 내려다봤다. 팔은 아까 마지막 일격을 할 때 원귀의 날카로운 다리에 쓸리기라도 한 듯이 엉망이었다. 그걸 깨닫자 그제야 가증스럽게도 통증이 밀려왔다. 이민석도 그제야 우연의 팔을 발견한 건지 얼굴이 굳어졌다.

"가자, 일단."

2장

담임 선생님은 새하얗게 질렸고 다른 애들은 수근거렸다. 우연은 넘어졌다고 둘러댔으니 멍청히 보일지도 모를 일이었다. 나머지 애들은 곧 수업을 들으러 사라지고 우연은 보건실에 혼자 가게 됐다. 보건실은 1층 후관에 있었다.

"어서와. 팔이 엉망이네."

보건 선생님이 웃으며 맞이했다. 보건 선생님은 밴드를 들었다가 결국 붕대를 들어 상처를 감았다.

"넘어졌다고 하던데. 상처가 깊네."

"예."

우연은 짧게 답했다. 보건 선생님의 미소가 짙어졌다.

"마치 어디 날카로운 것에 쓸리기라도 한 것처럼."

얼굴이 굳어진 것을 들키고 싶지 않아 고개를 돌렸다.

"나뭇가지가 날카로웠던 모양입니다."

"흐응. 그렇겠지."

보건 선생님은 여상히 답했다. 그 말이 여느 선생님과 다름이 없어서 오히려 이질감을 줬다.

방과 후 퇴마사

"자, 다 됐어."

"감사합니다."

"천만해. 피를 많이 흘렸으니, 침대에 누웠다가 교실로 올라가."

우연은 선생님의 말씀에 이해하지 못했으면서도 고개를 끄덕였다. 괜히 더 대화를 하고 싶지 않았다. 어두운 회복실의 침대 중 왼쪽 침대에 누웠다. 침대는 딱딱했고 이불은 뻣뻣했지만, 학교에서 누워있는 거라 나쁘지 않았다. 걷힌 커튼 너머로 치료한 도구를 정리중인 보건 선생님이 보였다. 어쩌다 눈이 마주치자, 보건 선생님이 웃으셨다. 그러고는 말했다.

"고생이 많지?"

"...학생보다는 선생님이 더 수고하시죠."

보건 선생님이 웃음을 터트렸다.

"하지만 넌 보통 학생이 아니잖아."

그제야 그 웃음이 어딘가 기묘하단 걸 알아차렸다. 우연은 발뺌했다.

"무슨 말씀이신지 모르겠습니다."

"이미 알아들었잖아. 안 그래?"

보건 선생님의 얼굴에서 웃음이 사라졌다. 우연은 차마 시선을 피하지 못하고 바라만 봤다. 우연은 눈을 떴다. 부스럭 일어나 보건 선생님이 여상히 웃었다.

"악몽을 꿨나? 안색이 창백하네."

자기 얼굴을 자기도 모르게 쓰다듬었다. 보건 선생님이 그 모습을 보고 귀엽다는 듯이 웃자 머쓱하게 고개를 숙였다.

'꿈인가.'

그렇다기에는 너무 생생했다. 하지만 꿈이 아니라기에는 방금 눈을 뜨지 않았나?

"친구가 찾아왔어."

고개를 내밀었다. 그곳에는 이민석이 있었다.

"안녕."

우연이 고개를 끄덕이자, 이민석이 옆 침대에 앉았다.

"설윤은?"

"내가 너랑 둘이서만 할 얘기가 있다고 하면서 떨어트리고 왔어. 아마 내가 가면 바로 올 거야."

우연은 누워있던 몸을 바로 일으켰다. 설윤까지 떨어트리고 와서 선생님조차 듣지 못하게 조용히 말하는 것을 보면 중요한 얘기일 게 뻔했다. 무엇보다 찔리는 것이 있다.

'원귀에 대해서는 제대로 말해야 하나.'

귀신은 더 이상 미신이 아니라 현존한다고 인정된 세상임에도 인식이 인식인지라 말하기 껄끄러웠다. 이민석은 입이 가벼워 보이지 않지만, 겉모습으로는 판단할 수 없는 것이 사람이다. 그런 우연을 눈치챘다는 듯이 이민석이 입을 열었다.

"네가 아까 싸운 게 뭔지는 묻지 않을게. 나도 말하지 못할 비밀 몇가지 정도는 있으니까."

이민석이 한숨을 내쉬었다.

"네 비밀을 듣기 위해서는 내 비밀부터 말해야겠지. 하지만 나는 네게 해줄 수 있는 말이 몇 없어."

"...."

"다만 내가 하고 싶은 말은 하나, 아니 세 개야."

우연은 저도 모르게 눈을 빛냈다. 이민석의 그 총명하고 단호히 빛나는 눈이 꼭 아버지를 닮아서 눈을 뗄 수가 없었다.

"네가 강하다는 걸 알았으니까 하는 말이야. 하나는 '협회'를 조심하라는 거야. 둘은 교장을 조심하라는 거고."

"협회라면 나도 알아. 국가가 아닌 사람을 위해 존재하는 기업이잖아. 근데 왜?"

"말이라는 건 정말 무서운 거야. 사람을 위해. 그 사람이 누구일까? 그 사람을 위해 무엇까지 할 수 있을까?"

"...."

"그건 아무도 모를 일이야. 그리고 얼마 전에 협회가 민간인을 공격했다는 사실을 알게 됐어. 어떻게 알게 됐는지는 묻지 마. 어차피 답 못 해줘."

우연은 잠시 고민하다가 물었다.

"세 번째는?"

"나는 전략, 약점을 찾는 데에 있어서는 꽤 괜찮은 이능력을 가지고 있어. 언제든 내 도움이 필요하면 말해."

이능력은 특별한 사람만이 가지고 있으며 주로 전력을 뜻하기 때문에 숨기기 마련이다. 그런데 방금 이민석은 그 이능력을 우연에게 이야기했다. 이건 흔히 말하는 아군이 아닌 이상 있을 수 없는 일이었다. 그래서 우연은 그 호의가 낯설어 저도 모르게 경계심 어린 목소리로 물었다.

"왜 그렇게 까지 해주는 거야?"

"나도 학교에 있었거든."

우연은 묘한 그 말의 뜻을 어렴풋이 유추해 냈다. 본 지 얼마 안 된 우연에게 도움을 주어야겠다고 결심할 만한 사건. 그것도 학교에서 일어난. 그건 어제 그 아이와 일밖에 없었다. 우연이 눈을 동그랗게 뜨자 이민석이 처음으로 자연스럽게 웃었다. 그 웃음이 퍽 부드러웠다.

"내 이야기는 이걸로 끝이야."

이민석과 함께 나오자, 보건 선생님이 우리를 보며 생긋 웃었다.

"이제 올라가 봐도 좋아."

신발을 신고 나가려던 때에 보건 선생님이 말씀하셨다.

"또 보자. 이왕이면 자주."

그 말이 어딘가 이상하다고 느껴 고개를 돌려버렸다.

○

이민석과 계단을 올랐다. 계단을 오르는 동안 민석은 말이 없었기에 혼자 생각할 시간이 주어졌다. 우연의 의문은 하나였다.

'보통 원귀는 숨어서 활동한다. 그런데 원귀가 왜 대낮에 사람들 앞에 나타난 걸까.'

그것도 정확히 우연의 조에만 나타난 게 분명했다. 다른 조에 나타났으면 이렇게 쉽게 일이 풀리지 않았을 것이다. 이상했다. 단순히 한 원귀를 퇴마해서 위기감을 느꼈다기에는 뭔가 부족했다. 마치 누군가 일부로 보내지 않고서야… 생각이 이어나가려던 찰나 복도에서 김준효를 마주쳤다. 김준효는 과장되게 걱정스러운 표정을 흉내 냈다.

"괜찮아?"

"응."

"왜 다친 거야?"

아까 해명했던 일에 대해 김준효는 다시 물었다. 우연은 씩 웃었다.

"말했잖아. 나뭇가지에 쓸렸다고."

김준효가 우연을 보며 웃었다.

"흐응."

의미 모를 웃음에 얼굴이 굳어졌을 때 준효는 아무것도 아니라는 듯이 생긋 웃었다.

"그러게, 조심하지 그랬어!"

"…응."

김준효 뒤로 보이는 설윤의 모습에 우석은 작게 손을 흔들었다. 설윤은 붕대가 감긴 팔을 보더니 살기 어린 얼굴을 했다가 얼굴을 아예 일그러트렸다.

"괜찮아?"

설윤이 묻는 말에 웃으며 고개를 끄덕였다.

ㅇ

학교 끝나고 집으로 가는 길.

설윤과 함께였다. 집에 거의 다 왔을 때쯤이 되어서야 물었다. 설윤이 우연과 함께 하교한다고 이야기한 후 우연과 같은 방향으로 쭉 온 탓이었다.

"집이 내 집 근처야?"

"아니."

"근데 왜 이쪽으로 와?"

우연의 말에 설윤은 아무것도 모른다는 듯이 웃었다.

"네가 여기 있길래."

"그 말 아무 곳에나 쓰지 마."

툴툴거리며 하는 말에 설윤이 웃음을 터트렸다. 대답을 요구하는 듯이 빤히 바라보자, 설윤은 입을 열었다.

"사실 나 집이 없어"

"..뭐?"

"고아라고."

"고아원이 있잖아."

"법적 보호자인 친척에게 거의 버려진 것과 다름없어서 학교만 간신히 다니고 있어. 웃기지?"

설윤이 가벼운 투로 말하다 어색하다는 듯이 웃었다. 얼굴이 계속 굳어져 있자 설윤은 신경 쓰지 말라는 듯이 손을 휘저었다.

"동정은 하지 마. 나 동정을 제일 싫어해."

"동정한 적 없어."

"그럼 그 표정은 뭔데?"

"걱정한 거야."

우연의 말에 설윤이 눈을 동그랗게 떴다. 그러곤 손을 꼼지락거리다 고개를 숙였다. 그에 뭔가를 쌓아 뒀던 둑이 무너진 듯이 설윤이 주섬주섬 말했다.

"사실 나 네가 생각하는 것보다 더 나쁜 애야."

"난 내가 본 거로만 판단해."

"그럼 보여주면 되겠네."

순간 살기가 볼을 스쳤다. 우연은 본능적으로 왼쪽으로 피했다. 피하고 나서야 설윤이 지금 자신을 공격했다는 사실을 알아차렸다. 당황스러워 소리가 크게 나갔다.

"왜 이래!"

"보여주는 중이야."

원래 엉뚱한 면이 있다고 생각했지만, 지금은 도가 지나쳤다. 설윤이 조금은 멀었던 거리를 순식간에 도약해 머리핀을 뽑아 우연에게 휘둘렀다. 그 솜씨가 한두 번 휘둘러본 것이 아니라는 듯이 단련되어 있었다. 쉐엑. 머리핀이 공기를 쇄도하며 살벌한 소리가 났다. 우연은 소리를 무시하며 설윤에게 다가갔다. 설윤은 빠른 속도로 나를 핀으로 공격하려고 했다. 하지만 우연의 몸에는 상처 하나 내지 못했다. 설윤에게서 조금 당황한 기색이 느껴졌다.

마침내 설윤에게 다가온 우연은 설윤의 팔목을 비틀어 머리핀을 떨어트리게 하고 포박했다. 설윤에게서 작은 신음이 들렸다.

"그래서. 네가 보여주고 싶다고 했던 게 뭐야?"

버둥거리던 설윤의 움직임이 멈췄다. 표정은 보이지 않았다.

"내가 위험하다는 거."

"내가 지금 위험해 보여?"

설윤은 조금의 텀을 두고 호흡했다. 그러고는 먹먹한 음성으로 답했다.

"..아니."

"그러니까 괜찮아."

우연은 설윤의 머리를 쓰다듬었다. 설윤은 울지 않았다. 다만 눈가가 빨개진 채 오래도록 포박된 자세로 있었다. 그 자세는 지나가던 마을 사람이 보고 놀랄 때까지 지속됐다.

○

설윤을 지내고 있다던 원룸에 데려다주고 집으로 가는 길
이었다. 뒤에서 누군가의 희미한 기척이 느껴졌다. 우연은 뒤를
돌았다. 돌아본 뒤쪽에는 아무도 없었다.

하지만 기척을 느낀 것은 절대 착각이 아니었다. 기척과 함
께 살의가 느껴졌기 때문이다. 하지만 함부로 나설 수 없는 게
기척이 느껴진 것을 보면 대상은 사람이다. 그런 만큼 신중해야
했다. 가방을 앞으로 메고 뒤적거리는 행색을 했다. 아까보다
흐릿해졌지만 집중하면 못 느낄 정도의 기척은 아니었다.

찰나의 순간 공기를 가르는 소리가 들렸다. 우연은 도끼를
꺼내 들고 그 소리의 근원지를 향해 들었다. 도끼의 날과 또 다
른 날붙이가 부딪쳤다. 챙!! 귓가로 울리는 소리에 우연의 얼굴
이 구겨졌다. 우연은 빠르게 상대를 확인했다.

상대는 얼굴을 조금도 가리고 있지 않았다. 하얀 탈색 머리
에 검은색 눈동자가 반짝였다. 공격이 막혔다는 것을 알아차리
자 상대는 단검 형태의 날붙이를 물렸다. 그 틈을 타 물었다.

"넌 누구지?"

상대는 대답하는 대신 돌진했다. 우연은 당연히 검으로 공
격해 올 줄 알고 대비했다.

"커억!"

하지만 아니었다. 상대는 돌진하는 척 지느러미 같은 것으로 몸통을 꿰뚫었다. 우연은 사람에게서 존재할 수 없는 지느러미를 다루는 모습을 보고 뒤늦게 깨달았다.

'이능력!'

실제 형체로 보는 건 처음이었다. 우연은 자신이 죽은 자들만 상대하느라 방심했음을 깨달았다. 이능력이란 어디서든 얼마든지 존재하는 것임에도 눈치채지 못했다.

"한심하군."

배가 뚫린 채 주저앉지 않으려 안간힘 썼다. 생겨난 상처 부위를 부여잡았다. 우연의 안광이 형형히 빛났다. 우연과 눈이 마주친 존재의 얼굴은 건조했다. 가소롭게 보는 것 같기도 했다.

"봐줄 만한 건 눈빛뿐이야."

그 존재가 차가운 어조로 말했다.

"왜, 컥. 나를, 공격했지?"

"시험해 보고 싶었어. 근데 한심하네."

여전히 뜻 모를 말을 했다. 그 존재는 정말로 의뭉스럽다는 듯이 말했다.

"근데 왜 그분은 너 같은 걸 인정한 거지?"

우연은 피를 한 번 더 토한 후 돌진했다.

'감정에만 치우친 공격.'

그 공격을 피하는 걸 넘어 공격하기는 존재에게 더없이 쉬운 일이었다. 존재는 지느러미를 사용할 것도 없이 우연을 걸어차려 했다. 공기의 흐름을 느끼지 않았다면 그렇게 했을 것이다.

세액, 탕! 도끼가 볼을 스쳐 바닥에 꽂혔다. 그제야 존재는 돌진하는 척 도끼를 던졌음을 알아차렸다. 존재의 얼굴이 일그러졌다.

"발악해봤자 그분이 인정할 만한 사람이 아니야. 너는 그런 존재가 아니라고!"

존재는 미친 듯이 우연을 찼다. 그리고 짓밟았다. 우연은 신음을 내는 것 외에 할 수 있는 게 없었다.

"너는 이걸로 끝이야."

그 존재가 검을 들고 내리꽂았다. 존재가 휘두르는 검을 머리를 돌려 피했다.

"하찮아."

경멸스러운 어조로 말했다. 그 존재가 우연의 머리카락을 잡아당겨 고정했다.

그러고는 검을 들어 올렸다.

푸욱.

우연은 그 소리가 무슨 소리인지 잘 알고 있었다. 그 소리는 칼이 살을 파고드는 소리다.

우연은 눈을 떴다. 머리에 박힌 검을 어렵지 않게 볼 수 있었다. 상처에서 흐르는 피로 시야가 가려진 건 둘째 치고 생전 처음 느껴보는 고통에 비명이 나올 지경이었다. 아마 비명을 지를 수 있었다면 질렀을 것이다. 그때 붉은 시야로 하얀빛이 보였다. 우연은 그 빛을 봄과 동시에 정신을 잃었다.

    ○

    앞이 캄캄했다. 몸은 무거웠으며 눈꺼풀은 무거웠다. 이내 눈을 감기 전 상황이 하나씩 머릿속에 들어왔다.

    '나는 죽었다.'

    그렇다면 여기는 명계인가? 설윤에게는 전에 원귀가 천국에 갔을 거라고 말했지만 천국 따위 믿지 않는 우연은 생각했다. 병원이거나 그런 곳일 거라는 생각은 들지도 않았다. 마지막 그 존재가 남긴 일격은 결코 살아날 수 없는 것이었다. 우연은 눈을 떴다. 신기하게도 육체가 없을 텐데 눈이 떠졌다. 익숙한 천장이 보였다. 매일 자고 일어날 때 보던 그 천장. 방의 천장이다.

    그제야 우연은 멍했던 정신이 선명해졌다. 몸을 벌떡 일으켜 주위를 둘러봤다. 내가 있는 공간은 그냥 나의 방 그 자체였다. 우연은 핸드폰을 확인했다. 아침이었다. 문을 열고 나가자 여느 때처럼 아버지가 요리하고 계셨다. 핸드폰을 켜 날짜를 봤다. 어제였다. 혹자는 이 모든 게 꿈이었고, 꿈일지도 모른다고 생각할 것이다.

하지만 그럼에도.

'꿈일 리 없어.'

그 모든 일이 꿈일 리 없다. 죽어가던 그 고통이, 무력감이 너무나 생생했다. 나는 이 모든 이해가 되지 않는 상황에 기시감을 느끼고 갸웃했다. 분명 언젠가 느껴본 적 있는 느낌이 들었다.

우연은 모든 일이 기적이라 생각하기로 했다. 다시 살아난 하루를 평소와는 다르게 살았다. 학교를 빠지고 원귀들 씨를 말린 것이다.

그리고 그날 밤.

"아아악!"

머리채가 잡혔다. 얼굴은 이미 알아볼 수 없을 만큼 뭉개져 있었다.

"도대체 왜 너 같은 걸 그분이 인정한 거지?"

그 존재는 같은 질문을 했다. 그러고는 들고 있던 단검으로 우연의 대동맥을 끊었다. 고통에 비명조차 나오지 않았다. 눈물이 흘렀다. 피가 분수처럼 뿜어져 나오는 와중에 하얀빛이 또다시 보였다. 우연은 그렇게 또 다시 그 존재에게 죽었다.

○

다시 눈을 떴다. 똑같은 어제였다. 우연은 그제야 뭔가 이상하다는 것을 깨달았다. 마지막 순간에 보이는 하얀 빛. 그 하얀 빛이 사라지고 나면 우연은 어김없이 죽기 전날 눈을 떴다. 이 모든 상황을 정리하면 하나의 가설이 세워진다.

'나는 죽으면 회귀하는 이능력자다.'

이능력은 유전된다. 그렇다면 아버지 또한 이능력자일 가능성이 컸다. 이 모든 사실을 아버지에게 말한다면 아버지는 우연을 지킬 것이고 그 존재에 맞설 것이다. 하지만 우연은 그 쉬운 길을 피해 어려운 길을 가기로 했다.

'반드시 내 손으로 죽인다.'

우연을 벌써 두 번이나 죽인 녀석이다. 당한 만큼 갚아주라고 배웠다. 이대로 당하기만 할 생각은 없다.

'그 녀석을 죽일 수 있다면 몇 번이고 죽을 수 있어.'

단 한 번이라도 좋다. 단 한 번이라도 그 녀석을 죽일 수 있다면 몇 번이고 죽을 수 있다. 우연은 가설대로라면 어차피 살아날 거니까.

우연은 그 다짐을 한날 학교를 빠졌다. 그 시간에 저번처럼 원귀를 사냥했다. 5개의 구슬을 얻고 집으로 돌아가는 길. 일부러 김준효를 만났다.

"우연! 오늘 학교 빠졌잖아."

"응."

"무슨 일 있어?"

우연이 가만히 웃자, 김준효도 마주 웃었다.

"햄버거 먹으러 갈래? 내가 살게."

준효의 말에 고개를 끄덕였다. 마침 배가 고프던 차였다.

우연은 새삼스럽게 햄버거 가게를 들어왔다. 저번에 원귀를 쫓느라 햄버거를 시켜 놓고 간 게 뒤늦게 아쉬웠다.

"여기서 먹어봤어?"

"아니. 저번에 먹어보려 했는데 일이 생겨서."

"엄청 맛있으니까 기대해!"

정작 처음 먹어보는 우연보다 들뜬 기색의 김준효가 신나서 주문한 햄버거를 가져왔다.

"고마워."

"천만에."

김준효가 늘 그렇듯 생긋 웃었다. 햄버거를 한입 베어 물자 기다렸다는 듯이 준효가 물었다.

"어때? 맛있어?"

"방금 먹었잖아. 아직 씹지도 않았어."

"...지금은? 맛있어?"

"응."

우연의 답에 김준효가 환하게 웃었다.

"근데 학교는 왜 안 나왔어?"

준효가 묻는 말에 우연은 미리 준비해 뒀던 답을 말했다.

"그냥. 별로 가고 싶지 않아서."

"뭐야, 그게."

말도 안 된다는 듯이 웃었다.

"너처럼 성실해 보이는 아이가 안 나오는 건 진짜 의외라서 묻는 거야."

"나 별로 안 성실해."

"호오, 그렇군."

준효가 성의 없이 고개를 끄덕였다.

"하지만 매일 매일 같은 루틴을 반복하잖아."

반사적으로 준효를 돌아봤다. 준효는 나와 눈이 마주치자 늘 그렇듯이 웃었다.

"그게 성실한 거 아니겠어?"

"그건 그렇네."

선선히 우연이 긍정하자 그럴 줄 알았다는 듯이 김준효가 어깨를 두드렸다.

그날 밤. 우연은 지난번 삶과 달리 밤에 혼자 걷지 않았다. 준효와 함께 있었다. 그럼에도 그 존재는 어김없이 나타났다. 그 존재는 준효를 보고 놀란 얼굴을 했다.

"네 놈은⋯!"

우연은 준효를 돌아봤다. 준효의 얼굴은 평소와 달리 차갑게 굳어 있었다. 준효와 어떤 사이인지 우연은 몰랐다. 하지만

방과 후 퇴마사

기회는 지금이라는 건 알았다. 우연은 내내 품에 품고 있던 도끼를 꺼내 존재를 내리찍었다. 우연이 내리찍은 건 지느러미였다. 존재는 그 뒤에 있었다. 우연은 정정당당하게 싸우자고 말하지 않았다. 먹히지도 않을 것이 분명할뿐더러 우연 또한 '회귀'라는 이능력을 이용하고 있었기 때문이다. 존재는 이를 갈았다.

"너는…. 나중에 두고 보지."

준효는 표정 없이 존재를 빤히 바라봤다. 우연은 날아드는 지느러미를 도끼로 갈랐다. 지느러미가 몸 일부는 아닌 모양인지 고통을 느끼는 기색은 없었다.

'젠장.'

우연의 체력이 점점 바닥을 드러내는 것에 비해 존재는 여전히 멀쩡했다. 지느러미는 아무리 잘라내도 금세 회복됐다. 아무리 노력해도 존재의 털끝 하나 건들 수 없다는 사실이 그렇게 분했다.

'저 목에 닿을 수 있다면…!'

그 무엇도 바칠 수 있으리라.

우연의 눈이 집념으로 빛났다.

"눈은 봐줄 만하군."

저번과 같은 말을 하며 존재의 눈에 성가심이 서렸다.

"하지만 이런 것도 슬슬 지루해지는데…."

우연은 목을 향해 달려드는 지느러미를 피해 존재의 앞으로 도약했다. 하지만 우연의 도약은 또 다른 지느러미에 가로막힐 뿐이었다. 또다시 배를 뚫으려 하는 지느러미를 잘라냈다. 준효는 이 모든 광경을 보고만 있었다.

○

'뭔가 수가 필요해.'

도저히 존재에게서는 빈틈이 보이지 않았다. 빈틈이 보이지 않으니 이대로 공격하는 것은 시간 끌기 그 이상이 될 수 없었다.

'그냥 한번 죽을까.'

하지만 죽으면? 죽는다고 뭐가 달라지나? 흐려졌던 우연의 눈빛이 다시 선명하게 빛났다. 죽지 않을 것이다. 다만 죽을 각오로 싸워서 반드시 이번에는 이길 것이다. 존재를 향해 도끼를 던졌다. 존재를 가소롭다는 듯이 도끼를 받아냈다.

"네 무기는 이게 전부 아닌가? 어리석군."

우연은 존재의 무시당하며 도약했다. 존재는 우연을 지느러미로 가볍게 막았다. 그러면서 단검을 든 반대쪽 손에 도끼를 쥐었다. 존재가 간과한 것이 있다면 우연이 원하는 것이 그것이었다. 품에서 부적을 꺼내 존재의 지느러미에 붙였다. 존재는 그 부적을 보고 비웃었다.

"퇴마사 나리가 수를 쓴다는 게 고작 이건가?"

존재는 우연을 지느러미로 던졌다. 우연은 벽에 부딪혀 신음했다. 온몸이 아렸지만 이렇게 있을 시간이 없다.

"그래봤자 나는 원귀가 아니거늘."

존재는 부적을 찢었다. 부적에서 붉은빛이 튀었다. 존재는 놀란 기색으로 부적을 봤다. 우연의 입꼬리가 올라갔다.

'영혼체를 부르는 부적.'

대부분 사람은 부적이 원귀를 막기 위한 것으로 생각한다. 하지만 부적은 만들기에 따라 역효과를 낼 수도 있는 것이다. 부적의 효력을 지금까지 알아채지 못한 존재가 부적을 타오르게 하는 불을 끄려는 듯이 움직였다. 우연은 오랜만에 그 이름을 불렀다.

"태하."

공기가 일렁였다. 허공을 뚫고 나온 것은 마치 어린 여자아이처럼 생긴 영혼이었다.

반투명한 태하는 심기가 불편한 듯이 얼굴이 구겨져 있었다. 태하가 입술을 달싹였다.

[왜 이제 부른 거냐고 따지기 전에….]

태하가 존재를 직시했다. 어린아이답지 않은 살기가 만연한 눈빛이었다.

[저 자식부터 죽이도록 하자.]

"역시 넌 현명해."

[널 용서한다는 뜻은 아니야.]

태하가 입술을 삐죽였다. 존재는 태하를 보고 경악했다.

"영혼체?"

원귀가 되기 전 순결한 영혼이 퇴마사의 곁을 머무는 형태. 그를 영혼체라고 했다. 거의 전설 취급을 당할 만큼 보기 쉽지 않은 것이니 놀랄 만도 했다.

'다만 영혼체를 꺼내면 수명이 닳는다는 단점이 있지.'

우연은 실시간으로 명이 깎이는 것을 느끼며 존재를 노려봤다. 아마 이렇게 깎인 명은 회귀해도 돌아오지 않을 터였다.

'하지만 어떤 수를 쓰든 널 이길 거야.'

집념 어린 우연의 얼굴을 본 존재가 웃음을 터트렸다. 하지만 웃음이 채 멈추기 전에 태하가 달려들었다. 태하에게서 붉은색 불꽃이 튀었다. 존재는 웃음기를 지우고 달려드는 태하를 피했다. 공격하지는 않았다. 태하는 실제로 존재하지 않기 때문에 어차피 공격이 먹혀들지 않는다는 것을 알기 때문이었다.

우연은 태하가 존재의 시선을 완전히 사로잡은 것을 알아차리곤 존재의 지느러미가 닿지 않는 부분을 걸어 존재에게 다가갔다. 태하를 막으면서 나까지 막는 것은 존재에게 역부족인 모양이다. 존재는 내가 다가오는 것을 알면서도 막지 못했다.

존재가 마침내 나를 막았을 때 태하의 불꽃이 온전히 존재에게 닿았다. 존재의 지느러미가 녹아 사라졌다. 나는 굳이 태하를 꺼낸 이유를 상기하며 피식 웃었다.

'이능력 무효화.'

그게 바로 태하의 진짜 능력이었다.

존재는 이런 상황까지는 예상하지 못한 건지 넋을 놓았다가 단검과 도끼를 들고 살기를 퍼트렸다. 그에 비해 유연의 얼굴은 여유로웠다. 이 모습만 봐도 둘 싸움의 갑이 교체되었다는 것을 알 수 있었다.

유연은 품에서 처음 꺼낸 도끼가 아닌 평소에 사용하던 엄마의 도끼를 꺼내 들었다. 도끼에서 하얀빛이 났다. 존재가 주춤주춤 뒤로 물러났다. 우연은 그런 존재를 눈치챘다는 듯이 도약해 머리를 잡아챘다.

존재가 우연에게서 빼앗은 도끼와 칼을 휘둘렀다. 유연은 도끼를 든 한 손으로 그 일격을 막아내는 것도 모자라 무기를 떨어트리도록 쳐냈다. 경쾌한 소리를 내며 존재의 무기들이 떨어져 나갔다.

무기를 놓친 것을 확인한 존재가 눈을 감았다. 죽음을 수용하는 듯한 태도였다. 내가 그렇게 고대하던 순간임에도 존재를 죽이는 대신 물었다.

"왜 나를 죽이려 했지?"

"그분이 너를 인정한 이유를 알고 싶었다."

존재는 죽음을 목전에 두고도 웃었다.

"이제야 알겠군."

조금의 미련도 남지 않은 웃음이었다. 우연은 울컥 얼굴을 구겼다. 도대체 그 존재가 누구기에! 우연은 도끼를 한 손에 쥔 채 주먹으로 존재의 얼굴을 갈겼다. 존재의 얼굴이 옆으로 돌아갔다. 다시 한번 주먹을 갈겼다. 존재가 피를 토했다.

우연은 도끼를 위로 올려 들었다. 그 후 존재를 내리찍었다.

"그만."

김준효가 막지만 않았어도 존재의 머리는 두 조각이 났을 것이다. 우연은 준효를 바라봤다. 단순히 살생을 차마 볼 수 없던 일반인으로 보이지는 않았다. 김준효가 뒤를 가리켰다. 어느새 뒤에는 경찰이 쫙 깔려 있었다. 준효가 뭐라고 입을 열려던 때 우연이 말했다.

"왜? 꼴에 같은 조직이라고 챙기는 거야?"

준효의 얼굴에서 늘 맴돌던 웃음이 사라졌다.

"너, 협회 소속이잖아."

그제야 준효의 얼굴에 웃음이 돌아왔다. 준효는 흔한 발뺌을 하지 않았다.

"어떻게 알았는지 궁금하긴 한데…."

준효는 거의 넝마가 되어 있는 존재를 바라봤다.

"이 모든 일은 수원, 저 애의 독단 행동임을 알아줬으면 좋겠어. 어차피 너도 죽지 않았잖아."

이미 두 번을 죽었는걸.

우연은 그 말을 굳이 하지 않았다.

"일단 진정해. 난 협회 소속이라고."

"협회도 요즘 민간인을 해치고 다닌다던데."

"뭔지 모르겠지만 오해야, 오해."

우연은 도끼로 준효를 가리켰다.

"네 정체를 말해."

준효는 한숨을 내쉬었다.

뒤에서 요란하게 대치하던 경찰이 "꼼짝하지 마!"라고 소리치는 것이 귓가에 들렸다. 도박해야겠다. 우연은 도끼를 움켜쥐었다. 준효는 수원이라는 자를 공격하지 못하게 막으려는 듯이 떨어져 있던 단검을 쥐었다. 하지만 우연은 수원을 공격하지 않았다.

도끼를 휘둘렀다. 고통이 느껴졌고 목이 아래로 추락하는 것이 느껴졌다. 김준효의 당황한 고함과 경찰의 웅성거림이 희미하게 들렸다. 목이 떨어지는 와중 지고 있는 노을이 보였다. 목이 달려있었더라면 결코 볼 수 없는 풍경이었다.

'아름답다.'

그게 마지막 생각이었다.

○

우연은 눈을 떴다. 역시나 자신의 방이었다. 우연이 자살하면서까지 돌아온 이유는 단 하나였다.

'준효, 그 너머 협회와 거래하기 위해서.'

우연은 그날 학교에 갔다. 학교에서 반갑게 인사하는 준효의 멱살을 잡았다. 준효의 얼굴의 웃음은 여전했다.

"안녕, 협회 정보원."

김준효의 눈에 일순간 살기가 담겼다 사라졌다. 표정은 없었지만, 당황한 게 명백히 느껴지는 얼굴이었다. 그걸 눈치챈 우연이 덧붙였다.

"나한테서 정보를 살 생각, 없어?"

멱살을 잡은 시간이 길어지자, 시선이 쏠렸다. 그제야 멱살을 놓고 김준효를 보자 준효는 웃음을 터트렸다. 마치 광인처럼 지속되는 웃음에 몇몇 구경하던 학생들이 기겁하며 물러났다.

마침내 김준효가 고개를 들었다.

"얼마나 비싼 정보야?"

"네가 앞으로 나에 대해 보고할 때 먼저 나한테 알려줘야 할 만큼."

김준효의 눈이 빛났다. 우연은 그 광기 어린 눈을 곧게 마주 봤다.

"아주 비싼 정보야."

○

우연은 함께 하교하고 싶어하는 설윤을 놔두고 김준효와 둘이 하교했다. 김준효는 내내 생글거리고 있었다. 평소와 다른 점은 명확히 있었다. 평소에 짓는 웃음이 가식이었다면 지금은 진심인 것. 그 하나가 달랐다. 전생에 걸었던 길을 다시 한번 준효와 걸었다.

"만약 네 말대로 '수원'이 나타나지 않으면 넌 내 손에 죽을 거야, 우연아."

김준효가 상냥하게 말했다. 우연은 겁먹은 기색 없이 비웃었다.

"수원이 나타나면 넌 꼼짝 없이 이중 스파이가 돼야겠지만 말이야."

우연의 말에 김준효가 재밌다는 듯이 웃음을 터트렸다.

'올 때가 됐는데.'

시간이 다 되어갔다. 만약 수원이 나타나지 않는다면 협회 소속의 강자일 게 뻔한 준효와 싸워야 할 것이다. 하지만 우연은 그렇게 되더라도 결말이 어떨지 알았다.

'그래봤자 끝내 이기는 건 나일 테지만.'

남들에게는 한 번뿐이기에 기회가 소중하다. 하지만 우연에게는 기회가 한 번뿐이 아니기에 소중하지 않았다. 어차피 다시 시작하면 되니까. 공기를 쇄도하고 단검이 날아들었다. 우연은 예상했다는 듯이 슥 피했다. 우연이 피한 자리에는 단검이 벽에 꽂혀 있었다. 우연은 이 모든 것의 근원을 바라봤다. 하얀 탈색 머리에 짙은 검은 눈동자.

수원이라는 암호명을 가진 자.

준효가 웃음을 터트렸다. 하지만 눈은 조금도 웃고 있지 않왔다.

"정말이었잖아?"

"너는…!"

수원이 저번과 똑같이 놀란 얼굴을 했다. 하지만 몇 번이고 반복되어도 멈출 생각은 없는지 나를 향해 달려들었다. 하지만 이번에는 내가 막기도 전에 준효가 수원을 막아섰다.

"나를 막지 마라!"

수원이 고함쳐도 조금도 겁먹은 기색 없는 준효가 수원에게 다가갔다.

"지금 네가 하는 일을 알기나 해?"

수원이 입을 다물었다. 준효는 저번과 달리 수원을 차갑게 내려다보았다. 우연은 이 모든 게 앎의 차이임을 알았다. 하지만 이내 수원이 이를 바득 갈았다.

"그분이 인정한 이유를 알고 싶었을 뿐인데! 그게 그렇게 잘못됐나?"

"그분 귀에 들어가면 그분은 너를…."

"죽일지도 모른다고? 그거라면 이미 각오하고 있다."

김준효의 얼굴에 미소가 감돌았다.

"그분이 너를 미워하게 될지도 모르겠네."

수원의 얼굴이 처음으로 동요를 드러냈다. 우연은 이게 도통 무슨 말인지 알 수 없었다.

○

우연은 곧장 집으로 향했다. 준효와 수원과는 헤어진 상태였다.

'결국 아무것도 말해주지 않았어.'

김준효는 우연에게 사과했을 뿐 어떤 것도 말해주지 않았다. 그가 원망되지는 않았다. 김준효가 말해주지 않은걸 알아내는 것이 바로 자신의 몫이니까.

"다녀왔습니다."

"그래, 드디어 왔구나."

우연은 또 뭔 일이 났나 싶었다. 아버지가 다녀왔다는 별것 아닌 인사를 받아준 것은 특별한 일이 생겼을 때뿐이었다. 게다가 아버지의 얼굴이 어느 때보다 어두웠다.

"다친 곳은?"

"없어요…."

우연은 슬쩍 눈치를 봤다. 우연의 대답에 피식 아버지가 웃었다. 하지만 얼굴에 웃음기는 없었다.

"다치는 대신 이미 여러 번 죽었으니까. 안 그러냐?"

우연은 몸을 굳혔다. 아버지가 알고 계신다. 그 말은 즉 아버지 또한 같은 이능력자라는 말이었다. 약간의 반발심이 솟았다. 왜 지금껏 알려주지 않은 것인지 궁금했다.

"왜 내가 알려주지 않았는지 궁금한가?"

대답 대신 고개를 들어 아버지의 눈을 바라봤다. 아버지의 눈은 평소처럼 흔들림이 없었다. 하지만 어딘가 눈이 반질반질했다. 꼭 물기가 어린 것처럼….

"네가 이렇게 살까 봐 말을 안했다."

"어떤…"

"그런 식으로…. 자기의 목숨을 소중히 여기지 않을까 봐."

우연은 의외의 말에 눈빛이 흔들렸다. 아버지는 손으로 얼굴을 쓸고 있었다. 그 모습에 짙은 피로가 느껴졌다. 우연은 그제야 자신이 무엇을 놓치고 있었는지 깨달았다.

'아버지는 다 알고 계셨구나.'

우연이 죽었다가 회귀한 것도, 회귀한 다음 목표를 위해 목숨을 쉽게 버린 것도. 그리고 명을 깎게 만드는 영혼체를 불러낸 것도.

그러면서도 우연을 못 나가게 막는 대신 기다려 준 것이다.

"잘못했어요."

우연이 말했다. 우연은 흐르는 눈물을 닦았다. 우연은 울 자격도 없었다. 아버지가 다가와 우연을 어설프게 끌어안았다. 우연은 느껴지는 따뜻한 온기에 그만 크게 울음을 터트리고 말았다. 아버지는 오래간 우연을 기다려줬다. 늘 그랬던 것처럼.

o

방과 후 퇴마사

다음날 등교를 한 우연은 바로 김준효와 마주쳤다. 김준효는 고의로 기다렸다는 듯이 자연스럽게 우연에게 다가왔다.

"잠깐 얘기 좀 할 수 있어?"

우연은 준효를 따라 학교 눈에 띄지 않는 곳으로 갔다. 학교 뒤편 누구도 잘 가지 않을 법하게 수풀로 우거진 곳에 벤치 하나가 떡하니 놓여 있었다. 학교에 다닌 기간이 얼마 되지 않지만, 이런 곳이 있는 줄은 전혀 몰랐을 만큼 외진 곳이었다.

준효가 조심스레 입을 열었다.

"어제 일은…."

"비밀. 말 안 해도 알아."

우연이 단호히 말하자 그제야 김준효는 안심한 듯이 고개를 끄덕였다. 잠시 고민하던 우연이 물었다.

"수원이라는 사람. 잠깐 따로 만나볼 수 있어?"

"아니. 미안하지만 안 될 것 같아."

감준효가 고개를 설레설레 저었다.

"어제 어떤 괴인이 습격해서 수원을 작살냈거든."

"기색을 보아하니 괴인이 누군지 아는 모양이네."

"응, 난 원래 모르는 게 없어."

우연이 빤히 바라보자 준효가 뭔가 켕기는 듯한 얼굴을 하더니 속삭였다.

"아버님께 잘해야겠어. 아니다. 내가 앞으로 너한테만큼은 잘할게."

우연이 뭐라 더 물으려던 때 준효가 기척을 느낀 듯이 돌아 봤다. 운동장 쪽으로 설윤이 다가오고 있었다. 설윤은 얼굴을 구기고는 우연과 김준효 사이를 파고 들었다.

"너, 뭔데 우연이랑 붙어 있어? 죽을래?"

그 기색이 농담 같지 않고 살벌했다. 그럼에도 김준효는 어깨를 으쓱이며 양손을 들어 올렸다. 설윤이 잡아당기는 대로 끌려간 우연이 김준효에게 손을 흔들었다. 그때 김준효가 뭔가를 깜빡한 듯 우연을 잡아당겨 귓가에 속삭였다.

"근데 어떻게 안 거야?"

"학교에 대해 잘 아는 사람. 반장과 관련 있는 사람."

우연의 말에도 여전히 준효의 의문은 풀리지 않은 듯했다. 우연은 못박듯이 준효만 들리도록 속삭였다.

"내가 같은 루틴을 매일 반복한다는 것을 아는 사람."

벙쪘던 김준효가 이내 헛웃음을 터트렸다. 시원시원한 웃음에 설윤이 질색하며 다시 우연을 자신 쪽으로 끌어당겼다.

"하여튼 재수 없어…."

설윤이 중얼거리는 말에 우연은 살포시 웃었다.

○

우연은 이전에 들었던 방송을 상기했다.

[아아. 마이크 테스트. 여름 고등학교 학생 여러분. 안녕하십니

까. 다름이 아니라 최근 납치 사건이 잦아 이런 방송을 하게 되었습니다. 일찍 여럿이서 다니시고 하굣길 조심하십시오. 이상입니다.]

그때 우연은 오늘 그 진상을 밝혀 보기로 했다. 그런 생각을 하러 가다 보니 어떤 서류를 잔뜩 들고 있는 애를 제대로 보지 못해 부딪치고 말았다. 그 애, 이수영이 들고 있던 서류는 잔뜩 허공을 흩날리다 엉망이 되어 바닥에 떨어졌다.

"미안해. 괜찮아?"

급하게 우연이 묻자, 수영은 고개를 끄덕이며 마주 미안하다고 사과했다. 우연은 몸을 굽혀 떨어진 종이들을 주웠다. 수영 또한 떨어진 종이들을 줍기 시작했다. 종이를 줍다가 손끝이 잠깐 닿았을까. 수영의 커다란 눈에 눈물이 방울방울 맺혀 떨어졌다. 우연은 잘못 본 건가 싶었다. 하지만 불행히도 잘못 본 게 아니었다.

"으형."

끝내 소리 내어 우는 수영에 우연은 당황해서 어떻게 하지도 못한 채 굳었다. 무슨 일인지 몰라도 괜찮은지 확인하려 다가가는데 수영이 피했다. 우연보다 피한 본인이 더 당황한 것 같았다.

"아니⋯. 이건. 그런 게 아니야."

훌쩍이며 하는 말은 그다지 신용이 없었다. 평소였다면 망설임 없이 가던 길을 갔을 테지만 어쩐지 그래서는 안될 것 같았다. 우연은 자리를 뜨지도 그렇다고 지키지도 못하고 안절부

절못했다. 그 모습에 수영의 울음이 거세졌다. 고개를 숙이고 있던 수영이 갑자기 고개를 퍼득 들었다. 우연은 그 모습이 기묘해 흠칫 놀랐다.

"불쌍한…. 엄마…. 웃었어."

"뭐라고?"

우연이 무슨 말을 하는지 몰라 되물었다. 무슨 말인지도 모르면서 심장이 쿵쿵 뛰었다.

"울지 않았어. 웃었어."

우연의 초점이 흔들렸다. 하얀빛. 우연을 바라보며 얼굴을 구기는 엄마. 주마등처럼 장면이 스쳐 지나갔다. 우연의 얼굴에 본인도 모르게 살기가 깃들었다.

"너, 뭐야."

히익. 수영은 이상한 소리를 내며 몸을 떨더니 도망갔다. 우연은 수영을 붙잡지도 못한 채 수영이 있었던 자리를 보고만 있었다. 오래도록.

ㅇ

하굣길.

내내 얼굴이 어두운 우연에게 분위기를 전환하려는 듯이 설윤이 물었다.

"우연~ 오늘 뭐 할 거야?"

설윤이 절대 거절할 수 없을 것만 같은 눈빛으로 물었다. 우
연은 상념에서 벗어나 본래 계획했던 일을 숨길 것도 없이 말
했다.

"실종 사건 진상을 확인하려고."

"그 우리 또래 애들이 사라진다고 저번에, 학교에서 방송한
거?"

"응."

설윤이 눈빛을 빛냈다.

"나도 같이 할래!"

"안돼."

"왜에."

"위험해."

우연의 말에 설윤이 머리핀을 만지작거렸다. 그에 질색하며
우연이 말했다.

"또 그걸로 공격할 거면 그냥 하지 마."

"또? 내가 언제 너를 공격한 적 있다고 그래."

설윤이 묻는 말에 우연은 입을 다물었다. 그러고 보니 그날
설윤과 노을이 질 때 걸었던 기억도 우연 혼자 간직하게 되어
버렸다. 그 시간은 없는 시간이 되었으니까.

우연은 빤히 바라보는 설윤의 눈빛에 어색하게 웃었다.

그러고는 단호하게 말했다.

"혹시라도 위험한 상황이 생기면 빠지겠다고 약속해 줘."

"응, 알겠어. 근데 내가 널 지켜줄 수도 있을 텐데?"

"내 몸 하나는 내가 잘 지킬 수 있어."

우연이 장담하자 설윤은 그럴 줄 알았다는 듯이 웃었다. 설윤의 눈에 동경이 얼핏 비쳤다.

"앞으로 어떻게 할 거야?"

"원귀, 그러니까 그 아이와 같은 형태를 원귀라고 불러. 혹시 실종됐다는 장소에서 원귀의 기운이 느껴지나 보러 다닐 예정이야."

설윤이 고개를 끄덕였다. 우연은 눈을 감고 기운을 집중했다. 많은 시간이 지났으면 찾기 힘들지만, 실종된 시점에서 지금까지의 시간을 고려해 보면 원귀의 흔적이 남아 있을 법했다. 서늘하다기에는 미적지근한 기운이 느껴졌다. 우연은 그럼에도 어딘가 시린 듯한 느낌에 눈을 떴다.

"왜? 뭔가 느껴져?"

"아니…."

우연 본인도 몰랐다. 이걸 느껴진다고 해야 하는지. 우연은 달리는 대신 조금 빠르게 걸었다. 설윤이 반쯤 러닝을 뛰며 따라왔다. 우연은 한 길목에서 멈췄다. 그 기운이 가장 짙은 곳이다. 하지만 길목에는 그 무엇도 없었다.

'영혼체가 될 수도 있는 것이 돌아다니는 건가.'

그러면 이 기운의 이유가 설명됐다. 우연이 태하를 만난 건 너무 어릴 적이라 어떤 느낌이었는지 몸으로 기억하지는 못했다. 하지만 머리로는 기억하고 있었다.

'서늘하면서 다정한…. 그런 느낌이었지.'

우연은 가슴이 뛰었다. 더 이상 영혼체를 늘려서는 안 된다고 아버지가 말하셨다. 그러니 영혼체가 될 수 있는 영혼이라 하여도 함부로 '계약'을 맺을 수는 없다. 그러니 확인만 하고 돌아가는 수밖에.

○

"왜 그래?"

갑자기 히죽거리는 모습이 이상했는지 설윤이 물었다. 전설 같은 영혼체를 볼 수 있을 것 같다고 대답하는 대신 고개를 저었다.

"다녀올게."

그러고서 뛰었다. 설윤이 뒤늦게 따라오려고 했지만 운동 신경, 특히 달리기로 우연을 따라올 수 있을 리 만무했다. 설윤은 분명 약하지 않다. 하지만 그럼에도 역시 우연에게는 혼자가 편했다. 그리고 어차피 뭔지 모를, 아마도 영혼체일 그 존재가 있는 곳이 어딘지 이제는 확실히 느낄 수 있었다. 우연은 산 초입부에 섰다. 예상대로 이곳에서 그 느낌이 제일 짙게 느껴졌다. 우연은 산을 타고 오르다 멈칫했다.

순한 인상의 단발 소녀.

'이수영?'

학교 근처 산에 수영이 있는 건 이상한 일이 아니다. '평범한' 산이라면 말이다. 우봉산은 예부터 귀신이 나오고 범죄가 일어나는 곳으로 유명했다. 그래서 개발도 제대로 되지 않았고 말이다.

우연은 이수영을 부르는 대신 기척을 숨겼다. 이수영은 무릎을 꿇고 앉아 혼자 꺄르르 웃고 있었다. 마치 누군가와 대화를 나누듯이 말이다. 우연은 수영 앞에 또 다른 누군가, 예를 들면 원귀나 영혼체가 있는지 살폈다. 하지만 수영의 앞에는 그 무엇도 없었다. 수영이 누군가와 대화를 나눈다는 것을 미루어 봤을 때 두가지 가능성을 둘 수 있다.

첫 번째는 수영이가 그냥 미쳤다는 거다.

그리고 두 번째는....

이수영 또한 우연과 같은 퇴마사로서 영혼체와 계약을 했다는 말이다.

소환하지 않은 상태에서의 영혼체는 다른 퇴마사일지라도 눈에 보이지 않으니까 밀이다.

'하지만 소환하지 않아도 저렇게 대화를 나눌 정도로 구현하려면 생명력이 많이 들어갈 텐데?'

솔직히 지금 상황에서는 이수영이 미쳤다는 쪽이 더 가능성이 있었다. 하지만 그렇게 단정 짓기에는 어딘가 찝찝했다. 우연은 그만 생각하기로 했다. 혼자 너무 깊게 생각하는 것은 단

점이라고 아버지가 말씀해주신 적이 있었다. 생각을 멈추고 우연은 박수를 두 번 쳐서 위치를 알렸다. 작은 동작이었음에도 수영은 우연을 돌아보고 눈을 동그랗게 떴다.

"우연아…."

우연은 이수영을 보고 얼굴을 구겼다. 이수영의 얼굴이 꼭 아주 그리우며 애틋했던 사람을 만난 것처럼 일그러져 있었다. 분명 학교에서 우연은 볼 때는 저런 감정이 드러나지 않아서 더 이질감이 들었다. 하지만 그것도 잠시 이수영의 얼굴에 맺혔던 감정이 순식간에 정리됐다. 우연은 이수영을 바라봤다.

그리고 불쾌하다는 듯이 물었다.

"너, 뭐야?"

수영은 어색하게 웃었다. 그러고는 슬금슬금 눈치를 보며 말했다.

"화내지 마."

"…."

"너한테 미움받고 싶지는 않거든."

우연은 울컥 화가 밀려왔다. 잘 알지도 못하면서 안다는 듯이 행동하는 게 저번 복도에서 있었던 일부터 불쾌했다. 수영은 그런 우연을 알아차렸는지 조심스럽게 말했다.

"내가 다 설명해 줄게."

"설명해. 처음부터 끝까지."

수영은 미소 지으며 고개를 끄덕였다.

○

　숨이 벅찼다. 아무리 뛰어도 끝이 보이지 않았다. 비유상 표현이 아니었다. 마라톤처럼 끝이 있는 경기가 아니었으니까. 수영은 끝이 없는 경기를 하고 있다. 수영은 생각했다.

　'죽고 싶다.'

　언젠가 오늘이 어제 죽은 사람들이 간절히 소망한 내일이라는 말을 들었다. 하지만 수영은 그런 말을 들을 때마다 공감하지 못했다. 수영에게 내일이란, 끔찍하고 지긋지긋한 그림자였으니까. 수영에게는 두 개의 이능력이 있다. 그중 하나로 인해 수영은 영원을 살아간다. 아, 이 말은 조금 어려울지도 모르겠다. 수영은 절대 늙지 않는다.

　누군가에는 이게 축복처럼 느껴질지도 모른다. 하지만 수영에게 이 이 능력은 저주였다. 남들과 다르다는 저주.

　소중한 사람들을 떠나보내도 죽지 못하고 고통 속에 있으면서도 죽지 못한다는 것은 그런 것이었다. 수영은 배척받았다. 이용당했다. 괴물이라고 불렸다. 이 절대 익숙해질 수 없던 것이 익숙해졌을 때 수영에게 찾아온

　"넌 괴물이 아니야. 남들과 조금 다른 거지."

　그 말은, 연아는 구원이었다.

○

수영과 같은 고등학교에 다녔던 연아는 수영을 놔두고 성인
이 됐다. 사람은 시간이 지나면 희석되고 변하기 마련이었지만
연아는 그렇지 않았다. 연아는 한결같았다.

그 한결같음은 석진이라는 남자를 만나 결혼하고도 여전
했다. 석진은 좋은 사람이었다. 무엇보다 진심으로 사랑했다….
두 사람이 만나 사랑을 나눴고 연아는 아이를 낳았다. 수영은
오래간만에 행복했다.

연아가 말했다.

"나 딸 이름 정했어."

"뭐로 할 건데?"

"우연."

그 이름이 수영에게 오래도록 박혀 들었다. 수영은 잠시의
공백 끝에 말을 이었다.

"너랑 이름이 이어지네. 우연, 연아."

"그런 의미로 지은 건 아닌데 그렇게 말하니까 뭔가 있어 보
인다!"

연아는 성인이 되어 아이의 엄마가 되어서도 고등학교 소녀
처럼 웃으며 좋아했다. 수영은 연아의 행복한 모습을 보는게 좋
았다. 어느 날 연아가 가벼운 모습으로 수영을 찾아왔다.

"너…."

"안녕."

연아가 산뜻하게 인사했다. 하지만 수영은 차마 그 인사를 받아주지 못했다.

"왜….."

어째서 네가.

뒷말은 삼켰지만 연아는 알아들은 모양이다.

"우리, 악수할까?"

"...."

"내 슬픔을 봐줘. 알아줘."

그리고 두 번째 수영의 이능력. 그건 닿은 사람 혹은 영혼의 슬픔을 볼 수 있는 능력이다. 수영은 고개를 숙였다. 참지 못한 눈물이 줄줄 흘렀다. 얼굴을 가르는 투명한 경계를 연아는 차마 닦아주지도 못하고 있었다. 수영의 손을 연아가 잡았다.

교통사고. 우연. 그리고 하얀 빛.

"너의 슬픔은 막연한 죽음이 아니구나."

"....."

"네 슬픔은 우연의 공백이네."

연아가 빙긋이 웃었다.

"딩동댕!"

실로폰 소리를 내며 밝게 고개를 끄덕였다.

"그리고 내 행복은 하얀빛이야."

"그 아이에게 안부 전해줘."

방과 후 퇴마사

수영은 연아의 말에 연신 고개를 끄덕였다.

"리고 그놈에게 전해줘. 내가 못 죽었다면, 내 딸이. 내 딸이 죽이지 못한다면 내 딸의 아이가. '그'를 죽이러 갈 거라고."

○

"그니까…."

우연은 벙찐 얼굴로 되물었다.

"엄마의 친구라는 거지? 요?"

이수영이 웃음을 터트렸다.

"편하게 대해. 어차피 같은 반이잖아."

"하지만…."

"어차피 내 몸은 너와 같은 나이인걸."

잠시 고민하다 고개를 끄덕였다. 저렇게 완강하게 나오는데 고집을 피우는 것도 예의가 아니었다. 우연은 뒤늦게 생각났다는 듯이 물었다.

"그러면 혹시 영혼체…. 당신의 영혼체가 혹시…."

"아니. 내 영혼체는 오랜 친구지만 연아가 아니야."

"아…."

우연은 고개를 수그렸다. 수영이 손을 들어 그런 우연의 머리를 쓰다듬었다.

"난 몰랐어. 네가 그런 생각을 하고 있을 줄은."

"어떤 생각?"

"네 슬픔은 연아잖아. 연아가 울었을 거라는 생각."

입을 다물자, 수영은 단호하면서도 다정한 웃음을 지었다.

"연아는 웃었을 거야."

"왜 그렇게 생각해? 울었을 수도 있잖아."

"이미 오래전에 돌아가셨지만 내 엄마는 내가 다치기만 해도, 아프기만 해도 전전긍긍했어. 죽을 일도 아닌데, 죽을까 봐 무섭고 그게 아니더라도 속상했나 봐."

갑자기 이게 무슨 소리인가 싶어 우연은 고개를 갸웃했다. 수영은 그런 우연에게 말했다.

"그게 엄마의 마음이야. 연아의 마음이고."

하지만….

우연은 올라오는 소리를 삼켰다. 하지만 다음에 뭐라 할 말이 없어서였다. 그런 우연의 마음을 안다는 듯이 수영이 우연의 손을 잡고 눈을 감았다. 우연은 자신조차 흐릿한 기억을 수영이 보고 있다는 생각에 묘하게 불쾌하면서도 떨렸다. 수영이 눈을 떴다.

"응. 확실히 웃었어."

그제야 우연은 작은 웃음을 터트렸다. 엄마가, 웃었구나. 우연은 그쯤 되자 의문이 생겼다. 우연이 회귀해서 우연이 살아남았다면 엄마 또한 살았을 것이다. 근데 엄마는 왜 죽은 걸까?

본능적으로 알았다. 그 물음을 수영에게 던져서는 안 된다는 것을.

그를 알아차린 듯 수영이 기특하게 쳐다보다 시선을 한쪽으로 돌렸다. 우연 또한 수영을 따라 고개를 돌렸는데 그곳에는 한 또래의 애가 있었다.

우연이 물었다.

"설마 실종 사건의 범인이…. 너야?"

"그 부분에 관해서는 정말 억울해."

수영이 한숨을 내쉬었다.

"나는 그냥 가출한 애들을 숨겨준 것뿐이야."

"그래도 애는 돌려보냈어야지."

"애가 가기 싫다고 우기잖아."

수영은 정말 억울해 보였다. 그리고서 까치발을 들고 우연에게 속삭였다.

"원귀가 아이를 홀려서 이런 일이 발생한 것 같긴 해. 원귀는 아직 못 찾았고."

우연은 그 말에 잠시 고민하다 아이들에게 다가갔다. 아이들은 낯선 우연이 다가오자, 겁을 먹은 것 같았다. 우연은 그 기색을 느끼고 할 수 있는 한 다정한 얼굴로 웃었다.

"왜 집을 나왔는지에 대한 물음은 하지 않을게."

"……"

아이들의 경계가 한층 더 짙어졌다. 탐색하는 듯한 시선에도 우연은 태연했다.

"하지만 인제 그만 돌아가는 게 좋을 거야."

우연보다 한참 어려 보이는 애가 울컥한 듯이 말했다.

"왜 돌아가야 하는데? 여기서도 지금 잘 살고 있어. 오히려 집에 있을 때 나는 더 잘 살지 못했다고!"

"너는 그럴 수 있지. 근데 너의 부모님은 생각 안 해?"

"……엄마는 내가 없는 게 더 나을 거야."

"아니. 네가 없으면 부모님은 지옥일 거야."

그 애는 여전히 이해하지 못한 듯이 소리쳤다.

"당신이 뭘 안다고 그래?"

"물론 나는 네 가족 일의 사건의 전말은 모르지. 하지만 이거 하나는 알아."

여전히 반항심이 깃든 애의 눈을 똑바로 마주 봤다.

"너의 부모님은 너를 사랑한다는 거."

"그런…. 그런 말로 나를 설득할 생각은 하지 마."

"너를 사랑하지 않았다면 왜 네 부모님이 너를 키웠을까?"

그 애가 더듬더듬 말했다.

"그냥 내가 태어났으니까 키운 거겠지."

"보육원에 버리는 방법도 있었어. 그리고 말 그대로 '키우기만' 할 수도 있었지."

아직도 이해하지 못한 멍청한 얼굴을 하고 있었다. 우연은 슬슬 화가 나는 걸 느꼈다.

"널 사랑하지 않으셨다면 사라진 너를 이렇게 애타게 찾지도 않았을 거야."

"주변 시선이 무서워서 나를 찾은 걸 거야."

"그랬다면 그런 얼굴을 하지 않았을 거야."

"어떤 얼굴? 난 안 본건 안 믿어."

그 애는 완고했다. 우연은 슬슬 이 대화를 끝내야 함을 느꼈다.

"말하지 않아도 느껴지는 것이 있어. 보이지 않아도 아는 것이 있어."

"그게 뭔데?"

"사랑이 그래. 넌 이미 알고 있잖아. 네 부모님이 너를 얼마나 사랑하는지."

넋이 나간 얼굴을 하다가 결국 울음을 터트렸다. 그 애는 결국 집으로 돌아가는 길을 택했다. 머쓱하게 집 앞을 서성이는데 그 애의 부모님이 문을 열고 나왔다. 그 애도 봤다. 자기 부모님의 얼굴이 어떤지. 얼마나 간절한 얼굴인지.

그 모습을 보다가 이만 가보려는데 그 애가 다가왔다.

"나는 최동혁이라고 해."

" …"

뒤늦게 그 애의 부모님들도 와서 우연에게 고개를 숙였다. 우연은 마주 고개를 숙이며 그 인사를 받았다.

"고마워."

동혁이 작게 말했다. 우연은 슬쩍 웃는 걸로 화답했다. 우연이 떠난 자리. 동혁이 작은 목소리로 말했다.

"나, 첫사랑을 시작한 거 같아."

동혁의 부모님은 동혁을 장난식으로 때리며 웃음을 터트
렸다.

3장

집으로 돌아온 우연은 바로 아버지를 마주했다. 아버지는 늘 그렇듯 강철보다 견고해 보였다.

평소와 다른 점이 있다면….

"아버지…. 그…. 발밑에 그건 뭐예요?"

"아. 이거 말이냐?"

아버지가 밟고 있던 발을 치우자 하얀 탈색 머리가 드러났다. 얼굴은 안 보였지만 저건 분명 수원이었다.

"얘가 왜 여기에 있어요?"

"너를 죽인 자식인데 곱게 살게 둘 수 있겠느냐."

수원이 억울하다는 듯이 처박고 있던 고개를 들었다.

"내가, 언제 죽였다고…."

"말하라고 허락한 적이 없는데."

아버지가 다시금 발로 지그시 수원을 밟았다. 잠시 고민하던 아버지가 말했다.

"이놈은 앞으로 네 보모다."

"네?"

"마음껏 부려 먹도록."

"아니…."

우연의 작은 항의에 아버지는 걱정할 것 없다는 듯이 환하게 웃었다.

"관련 주술은 걸어 놨으니 너는 마음껏 부려 먹기만 하면 된다."

"관련 주술이요?"

"세 가지 맹약을 하게 했다. 너를 공격하지 않을 것, 너를 지킬 것, 네 말을 들을 것."

우연은 아버지의 말에 입을 다물었다.

"이래 봬도 꽤 실력자이니 도움이 될 거다."

"…"

"너를 따라 학교에도 같이 다닐 예정이니 걱정하지 말아라."

우연은 남몰래 한숨을 내쉬었다. 학교생활이 정말이지 편치 않아질 모양이다.

○

우연은 수원과 떨어져 아버지와 대화를 나누게 됐다. 우연이 물었다.

"이게 어떻게 된 일입니까? 수원은 협회의 일원인데 제 보모라뇨…."

"협회의 수장이 허락한 일이다. 이번 일은 그놈의 잘못이 맞으니까."

"협회의 수장을…. 아세요?"

우연의 물음에 아버지는 긴 침묵으로 답했다. 우연은 차마 다시 뭔가를 묻지 못한 채 함께 침묵을 지켰다. 아버지가 입을 열었다.

"나는 한때 협회의 간부였다."

"네?"

"저놈이 네게 원한을 가진 것은 아마 그 때문일 거야. 네가 전 간부의 딸이라는 이유로 협회에 날아든 낙하산처럼 보였을 테니까."

"저는 뭔지도 모르는 협회에 가입할 생각, 없어요."

아버지는 다시 침묵을 지키다 슬며시 미소를 지어 보이셨다.

"뭔지 알면 들어가기라도 할 것처럼 말하는구나."

"…."

우연은 입을 다물었다. 도저히 알 수 없다. 김준효와 수원이라는 자가 소속된 협회. 김준효와 이수영은 얼마 보지 않았지만 악해 보이지 않았다. 수원이라는 자도 본성 자체가 그른 악인은 아니었다. 그런 이들이 왜 협회라는 곳에 소속되어 있는지 너무 궁금했다. 아버지는 우연의 궁금증을 안다는 듯이 말했다.

"학교 학생들을 협회로 끌어들일 수 있는 사람. 인재를 발굴

할 수 있는 사람. 그 사람이 바로 협회의 수장이다."

"설마…."

우연은 번쩍 고개를 들었다. 아버지는 손에 검지를 들어 올리셨다. 우연은 얌전히 입을 다물었다.

"오늘 일은 절대 그 누구에게도 말해서는 안 된다."

"예, 아버지."

아버지는 그 말을 끝으로 자리를 뜨셨다. 우연은 아버지가 자리를 뜬 후 아버지의 온기마저 떠난 다음에야 자리를 떠났다.

'아직 의문이 많아.'

우연은 자신의 목표. 퇴마를 자신의 대에서 끝내는 것 외에 한가지 목표가 더 생겼음을 알아차렸다.

"알아낼 거야. 협회."

아버지가 왜 협회에 계셨는지. 왜 나오셨는지. 협회의 정체는 뭔지.

모두 알아내고 말 것이다.

우연은 깊이 다짐했다.

○

주말 우연은 설윤이 함께 놀자고 떼를 쓰는 탓에 설윤에게 붙잡혀 시내를 돌아다녔다. 사진도 찍고, 맛있는 것도 먹고, 노래방에도 갔다. 노래방에서 MR을 틀어 놓고 설윤과 우연 모두

노래를 부르지 않았지만 말이다.

우연은 이렇게 놀아보는 것이 처음임을 깨달았다. 중간중간에 오늘치 퇴마를 해야 한다는 생각이 들었지만 애써 무시했다. 설윤은 답지 않게 신난 듯이 밝게 웃었다. 그 모습을 보는 것만으로도 오늘 하루의 의미는 충분했다.

우연은 설윤에게 실종 사건에 관한 이야기를 했다. 물론 이능력과 수영에 관한 이야기는 빼고 말이다. 수영은 납치 사건이 아닌 가출 사건이었다는 사실에 안도했다.

그리고 마침내 저녁. 헤어질 때가 되어서야 설윤은 한참을 망설이다 말했다.

"사실…. 나 오늘 생일이야."

"뭐?"

우연은 답지 않게 눈을 동그랗게 떴다. 생일이라니…. 뒤늦게 아차 싶어 말했다.

"원래 생일 선물을 주는 날 아니야? 내가 금방 사다 줄게."

"아니야, 필요 없어."

설윤은 고개를 저었다. 그러고는 빙긋이 웃었다.

"친구랑 놀 수 있는 하루. 이 하루가 내게 최고로 멋진 생일 선물이었어."

그건 나도 마찬가지야. 우연은 말을 삼켰다. 울음을 같이 삼킨 것 같기도 했다.

"그래도 생일 선물은 줄게."

103

우연의 말에 설윤이 활짝 웃었다.

○

설윤과 헤어지고 돌아가는 길. 우연은 설윤에게 느긋이 작별 인사를 한 다음 바로 달렸다. 오늘치 훈련을 하기 위해서였다. 우연은 문득 과거를 떠올렸다. 최연소로 12살에 퇴마사가되어 엘리트라는 말에 걸맞게 살아왔다. 감정은 죽였고 살기는 살렸다. 그게 우연이 살아남을 수 있던 방식이었다.

'하지만 과연 그게 옳을까.'

인제 와서 이런 의문이 드는 것이 덧없다. 그럼에도 한 번쯤은 떠올려야 하는 의문이었다. 원귀들도 한때 사람이었고 각각의 사연이 있다. 그럼에도 원귀는 사람에게 해롭다. 아버지는 모순적인 의문을 풀어주시지 않았다. 아마 아버지 나름의 답이 있듯 내 나름의 답을 찾기를 바라서 그랬을 것이다. 우연은 달려가던 몸을 뒤틀었다. 원귀의 기척이 느껴져서였다. 뛴 거리가 멀어질수록 숨은 거칠어졌다. 우연은 마침내 바닷가에 와서야 뜀박질을 멈췄다.

'물에 있는 원귀는 까다로운데.'

우연은 작게 혀를 찼다. 아무래도 세상일 쉬운 게 없는 모양이다.

가방에서 도끼를 꺼내 들었다. 도끼는 여전히 무디어진 날

없이 날카로웠다. 우연은 신발을 벗고 바닷가로 성큼성큼 걸어 들어갔다. 우연은 많은 손이 발목을 붙잡는 것을 느끼고 조금의 망설임 없이 도끼로 그 손들을 썰었다.

끼익!

소름 끼치는 마찰음이 들렸다. 원귀의 비명은 각각 다르 지만 이번 원귀의 비명은 특히 더 불쾌하다. 아마 하나의 원귀 가 아니라 여럿의 원귀여서 그럴 것이다. 계속 잘라도 팔은 자 라나서 우연의 발목을 잡아 흔들었다. 그 흔드는 힘이 꽤 억세 서 우연은 두 다리에 힘을 줘서 버텼다.

우연은 그 와중에 손을 넣을지 잠시 고민했다. 손을 넣으면 분명 더 중심을 잡기 힘들어질 것이다. 하지만 손을 넣지 않고 서는 물에 숨은 이 악귀를 퇴치할 방법이 없었다. 숨을 한번 들 이키고 손을 집어넣었다. 집어넣은 동시에 여러 가지 손이 우 연의 손을 잡았다. 우연은 한쪽 손을 집어넣고 나머지 한쪽 손 에는 도끼를 들었다. 집어넣은 손을 쭉 끌어당겼다. 엄청난 무 게와 힘을 가진 그것들은 한 번에 들어올려지지 않았다. 우연은 도끼를 입에 물었다. 그다음 온 힘을 다해 원귀를 끌어당겼다. 그제야 원귀는 끌어당겨져 수면 위로 드러났다.

우연은 미간을 찌푸렸다. 그도 그럴 게 원귀의 모습이 지금 껏 봐온 그 어떤 원귀보다 끔찍했기 때문이다.

'원귀의 외형은 살아있던 생의 영향을 받는다고 하는데…'

한 명의 원귀에게서 줄줄이 여러 원귀가 붙어 나왔다. 자기

들까지 하나가 되어 있던 모양이다. 우연은 한 원귀의 손을 단단히 붙잡고 물 밖으로 나왔다. 중간중간 매달리는 힘이 거세 다리의 힘이 풀릴 뻔했지만, 정신력으로 버텼다. 물 밖으로 나온 원귀는 그대로 움직임을 멈췄다. 서로 단단히 결속하고 있던 몸도 풀고 땅에 몸을 비볐다. 우연은 어렴풋이 생각한 것이 정답이었음을 알아차렸다.

'물귀신은 추위에 약한 것들이야. 독하고 불쌍한 것이지.'

생전 무당이셨던 할머니의 말씀이 맞았다. 따뜻한 온기를 가진 자신을 미끼로 써서 원귀를 낚은 다음 밖으로 꺼내 오면 되리라 생각했던 것이 옳았다.

우연은 재빨리 원귀를 갈라 구슬을 얻는 대신 원귀가 지상의 온기를 만끽하도록 기다렸다. 곧 원귀들은 검은색 구름이 되어 세상에서 사라지고 구슬만이 남았다. 어린 원귀여서 그런지 구슬이 작았지만 질이 좋았다.

"안녕."

갑자기 들려오는 말소리에 우연은 흠칫 뒤를 돌았다. 어둠 속에 얼굴을 숨긴 한 남자가 저 멀리 있었다.

"누구세요?"

남자의 얼굴은 여전히 보이지 않았지만, 남자가 웃었다는 것을 우연은 알 수 있었다. 우연의 얼굴이 찡그려졌다.

"저런. 너무 경계하지 않아도 좋아."

남자가 말했다. 남자는 자연스럽게 우연에게 다가오며 옷을 가볍게 털었다. 마침내 달빛에 모습을 드러낸 남자는 수염이 난 평범한 동양인의 얼굴을 하고 있었다.

"내가 여기 온 것은 한가지 충고를 해주기 위해서야."

"누군지도 모를 당신의 충고는 필요 없어."

우연은 바닥에 떨어져 있던 도끼를 꺼내 남자가 있는 쪽으로 겨누었다. 남자와의 거리는 벌어져 있었지만, 혹시 모를 상황을 대비하기 위해서였다.

"퇴마사의 다정함은 독이야."

"...."

"근데 나는 그 독을 약으로 만들 능력이 있어."

남자가 짙게 웃었다. 그 모습이 어쩐지 기괴해 우연은 뒤로 물러나고 싶은 걸 참으며 남자를 노려봤다. 남자는 우연의 매서운 눈길에도 표정 하나 변하지 않았다. 그게 어쩐지 약 올라 도끼를 꽉 쥐었다.

'사람은 죽이면 안 돼. 하지만 먼저 죽이려 하면 죽여도 되지 않나?'

온갖 생각이 머릿속을 오갔다. 우연은 아직 사람은 단 한 번도 죽여본 적이 없고 앞으로도 필요하지 않다면 죽일 생각이 없었다.

"협회로 와."

남자의 말에 우연은 숨을 삼켰다. 꽤나 귀에 익은 이름이었다. 협회란.

"그게 내가 해줄 조언이야."

그게 무슨 말이냐고 물으려던 때 남자가 사라졌다. 말 그대로 남자는 그 자리에서 없어졌다. 마치 원래 없었던 것처럼 약간의 바람만을 일으키고 남자는 증발했다. 우연은 경계하다가 남자가 있던 자리로 다가갔다. 그곳에는 한 쪽지와 버튼이 있었다.

[우리가 필요하면 눌러.]

쪽지를 구겼다. 이 기분 나쁜 버튼을 누를 일은 영원히 없는 모양이다.

○

학교에 간 우연은 불편하게 수원과 마주쳤다. 우연이 탐탁지 않다는 얼굴을 하자 수원이 얼굴을 찌푸렸다.

"나도 네 얼굴 보는 게 반갑지는 않다."

우연은 수원의 말을 무시하고 걸었다. 뒤에서 수원을 한번 힐끔 본 설윤이 졸졸 쫓아왔다.

"아는 애야?"

잠깐 고민했다. 아는 애라고 볼 수 있나? 이내 우연은 작게 고개를 끄덕였다. 설윤은 더 깊은 사정은 묻지 않고 물러났다. 우연은 그런 설윤의 배려에 약간의 웃음으로 화답했다.

우연의 그날은 답지 않게 평화로웠다. 하지만 우연의 하루가 평화로울 일이 없었다. 우연은 소란스러운 소리에 버즈를 빼고 힐끔 문 쪽을 바라봤다. 그곳에는 한 건장한 남자애가 있었다. 그 남자애 주위에 치마를 짧게 줄인 여자애와 몇몇 남자애가 더 있었지만 가장 앞에 있는 애만큼 존재감이 크지는 않았다.

처음 보는 얼굴인 것을 보아 후배인 모양이지. 그 남자애의 앞에 있는 사람이 설윤이 아니었다면 우연은 관심을 주지 않았을 것이다.

"설윤 선배. 유명하던데? 학폭 가해자로."

"알빠야?"

설윤이 날카롭게 대꾸했다. 설윤의 얼굴에 겁먹은 기색이 없이 담담해 우연은 지켜보기로 했다. 자기 일은 자신이 해결해야 하는 법이니까 말이다.

"아니, 나는 궁금해서 그러지. 이렇게 가녀린 여자가 누굴 그렇게 죽기 직전까지 만든 건지."

"너도 그렇게 만들어줘?"

이야.

우연은 설윤의 얼굴에 성가심이 서리자 만들어진 살기에 감탄했다. 과연 범상치 않았다. 우연이 감탄한 살기가 일반인에게 평범하게 다가왔을 리 없다. 남자애의 안색이 하얗게 질렸고 잔뜩 굳어버렸다. 그걸 본 설윤이 코웃음 쳤다. 그에 욱한 남자애가 말할 기운은 있었는지 소리쳤다.

"선배가 이전 학교에서 뭔 짓을 벌였는지 말하면 고개도 못 들 텐데? 선배, 이미 더럽혀졌다며."

상황을 방관하던 우연이 멈칫했다. 설윤이 하얗게 질려 있었다.

"내 말 얌전히 들어. 이미…!"

우연은 자리에서 일어났다. 실실거리던 남자애가 갑자기 벌떡 일어난 우연을 직시했다.

"뭐, 뭐야?"

우연의 얼굴을 보고 남자애의 얼굴에서 웃음이 싹 가셨다. 우연은 절대 봐줄 마음이 없었다. 설윤은 우연이 남자애에게 다가가는 모습이 느리게 느껴졌다. 하지만 실제로는 엄청난 속도로 남자애에게 우연이 다가갔다. 다가온 우연은 잠시의 망설임도 없이 남자애의 멱살을 잡았다.

남자애는 가소롭다는 듯이 코웃음 치며 멱살을 풀어내려고 살짝 힘을 줬다. 하지만 멱살이 풀리지 않자 조금 더 세게 힘을 줬고 끝내 몸부림쳤다. 그럼에도 우연이 쥔 멱살은 풀리지 않았다.

"놔! 내가 누구 아들인지 알아?"

남자애가 다급하게 소리쳤다. 우연은 그저 씩 한번 웃고는 남자애의 얼굴을 주먹으로 갈겼다. 주위에서 비명이 터졌다. 남자애 뒤에 있던 애들은 놀란 듯이 황당해하고 있기에 한 번 더 같은 뺨을 주먹으로 때렸다.

"커헉!"

남자애가 숨을 토해냈다. 우연이 이번에는 명치를 때리려던 때 남자애 뒤에 있던 애가 우연의 손목을 잡았다.

"그만…!"

우연은 그 손목을 붙잡고 언젠가 배웠던 기술로 뒤로 던져 눕혔다. 던져진 애는 당황한 듯이 눈을 깜박이다가 조금 뒤늦게 고통이 느껴졌는지 비명을 지르고 난리였다. 남자애 뒤에 있던 애들이 주춤주춤 뒤로 물러났다. 우연은 그들에게 비웃음을 지었다.

"다음?"

우연의 말 뒤에 있던 애들이 하얗게 질렸다. 그들은 다가오지 못했고 우연이 만족할 때까지 때려 남자애의 얼굴이 사람 몰골을 벗어나고 나서야 선생님들이 도착했다. 통쾌하다는 표정을 짓던 설윤은 뒤늦게 걱정스러운 얼굴을 했다. 하지만 우연의 얼굴은 여전히 여유로웠다. 마치 무언가를 안다는 듯이.

○

우연이 남자애, 석우를 폭행한 사건은 널리 퍼졌다. 작은 학교여서 그런지 전교생 중 우연을 모르는 애가 없게 됐다. 석우의 아버지가 그렇게 잘산다는 소문에 석우를 건드리는 애 하나

111

없었다고 했다. 그걸 아는 석우는 학교 내에서 왕인 듯이 날뛰었고 말이다. 당연하게도 선생님들도 겉으로는 부친만이 있는 우연보다 석우의 편을 들었다. 유일하게 우연의 말을 들으려 하는 사람이 있다면 담임 선생님이었다.

우연은 오히려 담임 선생님이 더 이상했다.

'나에 대해 뭘 안다고.'

하는 생각 때문이었다. 우연은 대가 없는 호의는 없다고 믿었다. 그런 우연에게 담임 선생님은 이상한 인물이었다. 설윤 또한 우연이 정당방위였다는 걸 알리려고 애썼다. 석우의 만행을 아는 애들이라면 우연의 정당방위 설을 믿었다. 하지만 이건 누가 믿고 누가 안 믿고의 문제가 아니었다. 우연은 결국 교장 선생님과의 면담 후 부친을 모셔 오라는 소리를 들었다.

마침내 교장실의 앞에 선 우연은 평소와 다를 바 없는 얼굴을 하고 있었다. 오히려 우연이 교장실까지 가는 걸 굳이 같이 가겠다고 따라온 설윤은 울 것 같은 얼굴이었다.

"다 잘될 거야."

우연의 말에 설윤이 고개를 끄덕였다. 설윤은 빈말이라고 생각할지도 모르지만 이건 빈말이 아니었다. 정말 다 잘될 거다. 우연은 노크 후 교장실에 들어갔다. 교장 선생님은 의자에 앉은 채 뒤를 돌아 계셨다. 우연은 누가 권하기도 전에 책상 앞에 있는 소파에 앉았다. 그때까지도 교장 선생님은 아무런 말씀이 없으셨다.

우연의 웃음이 새어 나왔다. 교장 선생님은 심기가 불편한 듯이 헛기침을 한번 했다.

"학생, 지금 놀러 왔나?"

웃음을 간신히 지우곤 답했다.

"아니요. 뵙게 되어 영광이라 그만 웃고 말았습니다."

우연의 얼굴에서 웃음이 완전히 사라졌다.

"협회의 수장."

아하하하!!

유쾌한 웃음이 들렸다. 우연은 그제야 살짝 미소 지었다. 교장 선생님. 아니 협회의 수장이 마침내 얼굴을 보였다.

"한 번쯤은 뵙고 싶었습니다."

그 얼굴은 어제 물에 있던 원귀를 퇴마하고 나서 봤던 남자의 얼굴이었다.

"어떻게 알았지?"

수장이 씩 웃으며 물었다.

"모르면 바보인 일이었습니다. 계속해서 힌트를 주셨으니까요."

"내가? 언제?"

"김준효를 접근시키고, 보물찾기라며 다른 아이들과 단절시켜 시험하고, 수원을 제 보모로 보내고. 여러모로 모를 수 없었습니다."

우연은 잠시 말을 멈췄다가 이야기했다.

"그리고 이 모든 일을 벌이려면 '원귀를 다루는 능력'이 있어야 하죠. 당신은 악하지 않은 원귀는 학교에 머물게 했고, 악한 원귀는 숲으로 내쫓아 퇴마되도록 봉인했습니다."

우연의 말에 수장은 다시 한번 작게 웃음을 터트리곤 말했다.

"그래도 알아챈 건 칭찬해. 역시 자네를 제대로 봤군."

우연은 마주 웃으며 자연스럽게 말했다.

"그리고 제게 어떤 처벌도 하지 않으실 것을 압니다."

"어째서?"

흥미롭다는 듯이 수장이 물었다. 우연은 발음이 틀리지는 않을까 속으로 긴장하며 자신의 생각을 조근조근 말했다.

"수장님은 선의 쪽이니까요."

"오호?"

"김준효, 이수영 모두 나쁜 인물이 아니었습니다. 아버지 또한 마찬가지고요."

수장은 팔짱을 끼며 물었다.

"사람은 각자 여러 개의 가면을 가지고 있어. 네가 본 게 그 가면 중 하나가 아닐 거라고 어떻게 확신하지?"

"김준효, 이수영 모두 결국에는 저를 지켰어요. 수장님 또한 독단적으로 행동한 수원을 벌주기 위해 처벌을 이미 협회를 탈퇴한 아버지께 맡겼고요. 그리고 협회가 요즘 사람을 죽인다는 말이 있지만 그전까지는 선한 이미지였다고 생각해요."

휴. 우연은 작게 숨을 내쉬었다. 이로써 우연이 하려고 준비했던 말은 다 해간다.

"이미지를 믿는 건가? 그건 너무 순진한데."

"협회를 보는 다른 사람의 눈, 그리고 제가 본 협회를 믿는 겁니다."

그제야 수장은 진심으로 짙게 웃으면서 자리에서 일어서 우연을 마주보고 소파에 앉았다. 수장이 손을 내밀었다.

"자네, 정말 협회의 일원이 될 생각 없는가?"

"없습니다."

우연이 단호하게 답하자, 수장이 과장되게 서운한 투로 말했다.

"왜? 선하다며, 우리 협회가. 좋게 평가하고 있는 거 아니었어?"

"좋게 평가하고 있습니다. 하지만 전 사람을 죽인 적 없어요."

"사람 죽이는 일이 겁나나?"

"다시는 그전으로 돌이키지 못할 것 같다는 생각이 듭니다."

수장은 흐음- 길게 신음했다.

"아직 애는 애네."

"…"

"뭐, 언제든 마음 바뀌면 말해! 협회는 늘 자네에게 열려 있으니까, 말이야."

수장이 싱글벙글 웃었다. 우연은 그제야 조심스럽게 말했다.

"그러면 학교 내 폭력 사건일은…."

"정당방위! 걱정하지 말게."

우연은 뒷배경에 관해 이야기하는 대신 웃었다. 괜히 한 협회의 수장이겠는가.

○

교장실을 나온 우연은 곧장 교실로 향했다. 교실에 있던 애들이 우르르 몰려와 우연에게 물었다.

"어떻게 됐어?"

"괜찮아?"

우연은 씩 웃으며 말했다.

"정당방위."

여러 곳에서 탄성이 터졌다. 자기 일처럼 기뻐하는 수영, 안도하는 설윤, 그럴 줄 알았다는 듯이 피식 웃는 준효가 보였다. 우연은 어느새 자신이 학교에서 18년 동안 만들었던 인연보다 더 많은 인연을 한 달도 안 되어 만들었다는 사실을 알게 됐다. 그동안 인연을 늘리는 것에 대해 늘 비관적이었다. 마음을 주지 않으면 상처받을 일도 없으니 말이다.

'생각보다…. 나쁘지 않은 거 같아.'

그런데 생각이 바뀌었다. 상처를 받을 일도 분명히 있을 것이다. 하지만 이 기쁨 또한 거짓이 아니었다. 그렇다면 이 기쁨만으로도 충분히 인연을 만들어 봄 직하지 않나 하는 생각이 들었다.

○

다음날.

우연은 학교에 갔다. 이상하게 학교에서 느껴지는 기운이 싸늘했다. 우연은 일찍 등교한 탓이라 넘겨짚었다. 학교는 아직 완전히 동이 트지 않아 깜깜했다. 우연은 어두운 복도를 혼자서 걸어갔다. 끼익하는 소리가 났지만 그건 우연의 신경을 건드리지 못했다.

'불안해.'

기묘한 느낌이 든다. 원귀와는 또 다른, 가슴이 답답하면서 허전한. 그런 느낌이 들었다. 우연은 교실 문 앞에 서 있는 준효를 발견했다. 김준효는 무슨 일이 없다면 일찍 등교하는 편이었기 때문에 김준효가 있는 것은 이상한 일이 아니었다. 그런데 이상한 점은

"너 얼굴이 왜 그래?"

김준효의 얼굴이 창백하게 질려 있었다는 것이다. 김준효는 우연을 보고 눈을 질끈 감고는 들어가라는 듯이 자리를 비켜

섰다. 김준효가 비켜선 자리에서 한기가 느껴졌다.

'이렇게 짙은 한기는…. 착각이 아니다.'

우연은 교실 문을 열었다. 그리고 그 자리에는 한 여자아이가 목을 매달고 있었다. 우연은 경악했다. 하지만 소리를 지르지는 않았다. 우연은 긴 머리의 그 여자아이가 어딘가 낯익다는 생각에 점차 다가갔다. 심장이 이럴 수 있나 싶게 빨리 뛰었다.

두근두근.

쿵쿵.

우연은 의자를 밟고 올라가 여자아이의 얼굴을 가리고 있는 머리를 걷어냈다. 그 여자아이의 얼굴을 보고 우연은 누군지 깨닫기도 전에 눈가가 뜨거워지는 걸 느꼈다. 그 여자아이는, 설윤이었다.

○

우연에게 김준효가 조심스럽게 물었다.

"괜찮아?"

우연은 대답없이 고개를 젓고 상황을 파악했다. 설윤은 지금 목을 매달고 있다. 어떤 움직임도 보이지 않는다.

'사람이 목을 매단 다음, 얼마나 버틸 수 있지?'

그 생각을 하자 등골이 서늘해졌다. 이미 설윤이 죽은 것이 확실함에도 그랬다. 우연은 우선 가방에서 도끼를 꺼내 설윤의 목을 조르고 있는 줄을 잘라냈다. 설윤은 힘없이 바닥으로 추락했고 그걸 김준효가 받았다.

김준효는 잠시 설윤을 알고 있다가 예상했다는 듯이 고개를 저었다. 이미 목숨을 달리했다는 뜻이다.

'나의, 능력.'

하루 전으로 돌아갈 수 있는 능력. 우연의 머리가 삐걱삐걱 간신히 돌아갔다. 설윤은 아까 봤을 때 그렇게 까지 창백하지 않았다. 그건 아마도 죽은 지 그렇게 오래되지 않았다는 것을 의미했다.

'돌아가자.'

우연의 눈에 독기가 서렸다. 우연은 도끼를 들어 올렸다. 사람의 급소가 어딘지는 너무 잘 알았다. 사람의 급소는 원귀의 급소와 같았기 때문에 수많은 원귀를 처리해 온 우연이 모를 수가 없었다. 우연은 바로 도끼를 휘두르려다 김준효에게 저지 당했다. 김준효는 드물게 당황한 것 같았다.

"뭐하는 거야! 네가 죽는다고 설윤이 살아오기라도 해?"

어.

우연은 속으로 답했다.

"왜 답지 않게 멍청한 행동을 해?"

멍청한 게 아니라 합리적인 행동이야.

우연은 그렇게 생각했다. 준효는 우연의 눈빛을 보고 깨달았다.

방과 후 퇴마사

'맛이 갔네.'

누가 봐도 제정신이 아닌 얼굴이었다. 김준효는 사나운 고양이를 달래듯이 우연에게 말했다.

"네게 설윤이 특별한 애였다는 건 알겠어. 하지만 그렇다고 해서 네가 죽는 걸 설윤이 바랄까?"

"...."

"아니잖아. 네가 멀쩡히 살아가길 바랄 거야."

우연은 잠깐 자기 능력을 사실대로 말할지 고민하다가 그 고민을 폐기했다.

'하루가 지나기 전에 죽으면 그만이야.'

우연은 이것이야말로 우정이라고 생각했다.

○

협회의 수장이자 교장인 한문철은 하늘을 바라봤다. 문철은 차분히 김준효에게 다시 한번 말했다.

"그러니까…. 우리 학교 학생이 자살했단 말이지."

"자살이라기에는 애매합니다. 타살일 가능성이 있습니다."

한문철은 조용히 책상을 두드렸다. 떠오르는 후보는 많다. 하지만 그중 가장 유력한 자는 아무래도 마피아다.

'설윤이란 애가 몸담았던 마피아 조직. 그쪽에서 처리한 것인가.'

한문철은 주먹을 움켜쥐었다. 하지만 그건 중요한 게 아니었다.

'중요한 건 감히 내 영역에서 내 학생을 죽였다는 거지.'

한문철의 눈에 살기가 깃들었다. 내려간 주변의 온도에 김준효는 살짝 몸을 떨었다. 한문철이 이렇게까지 화를 내는 건 오랜만이었다. 이런 순간마다 김준효는 소름이 끼치곤 했다. 도저히 깊이를 가늠할 수조차 없는 문철의 힘에 말이다. 어렸을 때부터 협회에 거둬진 준효는 그런 문철을 늘 존경했다. 이런 압박감과 소름조차 감사히 받아들였다. 그러나 문철은 곧 기운을 갈무리했다. 애꿎은 사람에게 화풀이하는 건 본인의 덕목에 맞지 않았기 때문이다.

"찾아. 이 사건의 진상을."

"맡겨 주십시오."

어떤 사건인지 언급하지 않았음에도 김준효는 단숨에 알아차렸다. 김준효는 허리를 90도로 숙여 짧고 굵게 답했다.

○

우연은 저번에 아버지와 했던 약속을 떠올렸다. 함부로 죽지 않기로 한 그 약속을.

'하지만 아버지. 제 목숨 한 번으로 친구를 살릴 수 있다면 그래야 하는 게 맞아요.'

121

우연은 속으로 합리화했다. 하지만 이내 이성을 찾아 상황을 정리했다. 죽음의 원인을 알지 못하면 똑같은 하루만 반복될 것이다. 그러니 이 사건을 짐작해 봤을 때, 크게 두 가지의 가정이 있다.

첫째. 설윤이 정말 보이는 그대로 자살한 경우.

개인적으로 가능성이 작다고 생각한다. 설윤은 관계를 쉽게 맺는 편은 아니었지만 그렇다고 관계에 소홀하지는 않았다. 그런 설윤이 모두가 볼 수 있는 교실에서 자살한다? 그리고 이렇게 갑자기?

'말이 안 돼.'

우연은 이것만큼은 개인적인 바람이 아닌 이성적인 판단이라 믿었다.

둘째. 설윤이 타살당한 경우.

그렇다면 범인을 찾아야 한다. 범인을 찾아서…. 우연은 생각을 멈췄다. 범인을 찾아서. 뭘 어떻게 해야 하지? 경찰서에 넘기는 걸로는 부족했다. 법의 철퇴가 제대로 휘둘러지지 않는다는 건 지독히 잘 알고 있기 때문이다.

찾으면 바로 죽여야 할까?

우연은 순간 몸에 소름이 돋았다가 지나간 것을 느끼고 팔을 문질렀다. 지금까지 우연은 단 한 번도 사람을 해친 적 없다. 100퍼센트란 세상에 존재하지 않기 때문이다.

'만약 사람을 해쳤는데, 이 사람이 아니라면?'

그 생각은 증거가 명확해도 끊임없이 들었다. 우연의 타고난 겁과 조심성 때문이었다. 우연은 머리를 감싸 쥐었다. 도무지 답이 보이지 않는다. 그리고 이럴 때, 어떻게 해야 하는지 우연은 안다. 언젠가 아버지가 말씀하셨다.

'당장 할 수 있는 걸 해.'

당장 할 수 있는 것. 내가 당장 할 수 있는 것은 하나다.

'설윤이 죽은 지 하루가 지나기 전에 원인을 찾는 것.'

우연은 마침, 도움을 받을 수 있는 자가 누구인지 알고 있다.

o

노크가 울렸다.

교장 한문철이 들어오라고 이야기하기도 전에 문이 열렸다. 한문철은 문 뒤 아무런 언질도 없이 나타난 우연을 보고 놀라지 않았고 나무라지도 않았다. 우연은 그런 사소한 일에 감사할 새도 없이 교장실에 들이닥쳤다. 교장은 왜 자신을 찾아왔는지 그런 것을 묻지 않았다. 교장과 우연은 서로를 빤히 응시했다. 결국 먼저 입을 연 것은 아쉬운 쪽인 우연이었다.

"설윤이 죽었습니다."

교장은 아무 말 없이 우연을 응시했다.

"제 친구가 죽었습니다."

우연은 다시 한번 말하고 한문철을 올려다봤다. 감정 없는 차가운 눈동자. 그 눈동자를 마주한 사람이라면 누구나 겁을 먹을 법하지만, 우연은 당당했다.

"이에 관해 책임을 묻고 싶습니다."

"책임이라…."

교장이 신음했다. 처음, 우연은 저자세로 간청하는 방법도 고려했었다. 하지만 바로 기각했다. 지금 학교에 소속된 그것도 협회의 수장이 교장직을 수행하고 있는 이 상황에서 교장은 책임을 피할 수 없기 때문이다. 설윤은 학교 밖이 아닌 학교 내에서 죽었다. 즉 이에 학교의 책임이 없다고는 볼 수 없다.

교장이 희미하게 웃었다.

"틀린 말은 아니군."

하지만 그 얼굴은 곧 굳어졌다.

"하지만 내가 책임을 다하지 않겠다고 한다면?"

"법의 책임을 질 수밖에 없을 겁니다."

"법은 이제 사람 하나 죽은 걸로 움직이지 않아."

우연은 뒤로 숨긴 손을 움켜쥐었다. 분했다. 하지만 교장의 말 중 틀린 것은 없었다. 우연은 애써 수그러드는 고개를 들어 올렸다. 이대로 물러날 거였다면 애초에 교장실까지 오지도 않았을 것이다.

"많은 것을 바라지 않습니다. 이 사건의 진상을, 범인을 찾고 싶습니다. 그거면 충분합니다."

"범인을 안다고 뭐가 달라지나?"

"예. 달라집니다."

교장은 뭐가 달라지는지 묻지 않았다. 그저 설윤을 빤히 응시했다. 그러다가 툭 물었다.

"정말 협회에 들어올 생각은 없나?"

"이번 일이 해결된다면."

교장이 어쩔 수 없다는 듯이 피식 웃었다. 그것만으로도 분위기가 풀어졌다.

"도와주지. 하지만 가는 게 있으면 오는 게 있어야 하지 않겠어?"

우연은 교장을 바라봤다. 교장을 씩 웃었다.

"협회에 들어와. 대신 언제든 나갈 수 있게 해주지."

우연은 잠시 멍청히 입을 벌렸다가 이내 다물었다. 파격적으로 우연에게 유리한 조건이었다. 우연은 그걸 그냥 넘기는 대신 물었다.

"저한테 유리합니다."

"유리해도 불만인가?"

"…."

"걱정하지 말게. 다른 뜻은 없으니."

우연의 얼굴이 찝찝하게 풀어졌다.

○

우연이 나간 후.

교장실과 연결된 일종의 비밀 방에서 한 인영이 나왔다. 교장은 그 인영을 보고 가볍게 웃었다.

"이게 누군가! 우리 학교의 자랑, 최승아 선생…!"

"시끄러워요."

냉소적으로 말을 자른 담임, 최승아는 교장을 힐끗 보고 건너편 소파에 앉았다. 교장은 괜히 최승아를 보고 싱글벙글 웃었고 최승아는 질색하는 것을 넘어 경멸스러운 듯한 얼굴을 했다.

"자네는 정말 학생을 대하는 것과 나를 대하는 태도가 다르단 말이야."

"사랑스러운 아이들과 뱀 같은 늙은이는 비교 대상이 아니죠."

"뱀 같은 늙은이? 그건 나를 말하는 건가?"

교장이 상처받은 듯이 물어도 최승아는 질린다는 듯이 고개를 돌렸다. 그리고 이내 시간 끌 것 없다는 듯이 물었다.

"우연 그 아이에게는 왜 그러신 겁니까?"

"내가 무얼."

최승아는 천연덕스럽게 순진무구한 얼굴을 하는 교장을 질색하는 얼굴로 보다가 진지하게 쏘아봤다.

최승아의 눈빛에 교장은 난처하다는 듯이 웃더니 말했다.

"그 애는 의심이 많고 고집이 센 아이지. 과연 내가 순순히 협조했으면 그 애가 받아들였을까?"

"수장님이 그렇게 순수한 의도로 행동했을 리가."

"지금 나를 못 믿는 건가?"

교장이 천연덕스럽게 물었고 최승아는 조금의 고민도 없이 고개를 끄덕였다.

"자네는 나를 난감하게 하는 걸 좋아하는 게 분명해."

"제가 수장님입니까?"

펄쩍 뛰는 최승아의 태도에 교장이 머쓱하게 웃었다.

"협회의 일원이 될 아이잖은가."

태도를 싹 바꿔 어느새 수장다운 얼굴을 한 교장을 보고 최승아는 질린 얼굴을 했다. 아무래도 우연, 그 아이는 질 나쁜 어른에게 잘못 걸린 모양이다.

○

우연은 김준효와 함께 하교 중이었다. 김준효는 본래 말이 많은 편에 속하는 사람이었지만 오늘만큼은 조용했다. 우연은 평소에도 말이 없는 편이었기에 크게 다를 게 없어 보였으나 우연 주위에서 풍겨오는 분위기가 평소와 다르다는 것을 알려 줬다.

김준효는 그 흔한 괜찮냐는 물음을 던지지 않았다. 그건 김준효 나름의 배려였고 우연은 그 배려를 기꺼이 받아들였다.

우연은 설윤과 함께 걸었던 길을 김준효와 걸으며 설윤을

방과 후 퇴마사

떠올렸다. 지금의 조용함도 설윤과 함께였다면 다른 조용함이었을 것이라며 헛된 상상을 했다. 이건 본인에게 해롭고 김준효에게 예의가 아니라는 것을 안다. 그럼에도 멈출 수 없으니 지독한 것이다.

우연은 많은 죽은 사람을 봐왔다. 정확히 말하면 죽은 후 남은 흔적인, 원귀를 봐왔다는 표현이 더 옳을 것이다. 하지만 주변 사람의 죽음은 처음이었다. 그것도 오랜만에 사귀어 본 친구의 죽음은 여러모로 뼈아팠다.

이대로 죽으면 설윤을 살릴 수 있다. 하지만 그렇게 하면 아버지의 가슴에 대못을 박게 된다. 그래서였다. 이러지도 저러지도 못하고 살아가고 있는 것은.

○

문득 오싹함을 느낀 우연은 우울하게 내리깔고 있던 시선을 들어 올렸다. 시선 끝에는 한 여자가 있었다. 중국 전통의 느낌이 나는 드레스를 입은 머리를 틀어 올린 여자였다. 우연은 그 여자를 처음 봤음에도 호감을 느꼈다. 왠지 모를 그리운 느낌이 났다. 그때였다. 옆에 있던 김준효가 우연의 팔을 움켜쥐었다. 그 악력이 세서 우연은 미간을 찌푸리며 김준효를 바라봤다. 김준효의 얼굴은 잔뜩 굳어 있었다. 흡사 평범한 사람이 귀신을 봤을 때 할법한 얼굴이었다.

우연은 왜 그러냐고 물으려 했다. 하지만 그러기도 전에 김준효가 우연을 밀쳤다. 우연은 밀쳐지는 그 짧은 찰나에 김준효를 보았다. 김준효는 그 여자가 뽑아 찌르려는 단검을 간신히 막고 있었다.

"그만둬!!"

뒤늦게 상황을 파악한 우연이 가방에서 도끼를 꺼내 달려들었다. 여자는 능숙하게 우연의 도끼를 피하고 귓가에 속삭였다.

"느려요, 아가씨."

우연은 순간 몸에 힘이 풀릴 뻔했다. 그제야 우연은 저 여자가 전투 의지를 상실하게 만든다는 것을 알아차렸다. 여자도 우연이 그걸 알았다는 것을 안다는 듯이 웃었다. 그 웃음이 여유로웠다.

김준효는 나가 있던 넋을 이제 어느 정도 잡은 모양이다. 품에서 송곳과 같이 생긴 것을 두 개 꺼내 상대를 향해 겨누었다. 우연은 처음 보는 무기에 관심을 가질 틈도 없이 여자를 상대했다.

김준효가 두 팔을 엑스 자로 만들었다가 강하게 풀어 그 반동으로 여자를 연속으로 찔렀다. 여자는 그 모두를 여유롭게 피했다. 우연은 여자의 뒤쪽으로 다가가 차마 목을 겨누지 못하고 명치의 뒤쪽을 향해 찔렀다. 하지만 그마저 여자는 몸을 숙여 피해냈다.

김준효가 공격이 먹히지 않자 멈칫한 틈을 타 여자가 공격

방과 후 퇴마사

을 시작했다. 여유롭고 아름다워까지 보이는, 마치 하나의 춤 같은 공격이었다. 하지만 그럼에도 김준효는 간신히 하나하나 막아내야 했다.

우연은 도끼를 쥐고 있는 손에 땀이 죄는 것을 느꼈다. 여자는 강했다. 그때였다. 여자가 우연을 보고 씩 웃더니 말했다.

"내가 재밌는 사실 하나 알려줄까요?"

우연이 대답할 틈도 없이 여자가 우연에게 다가가 속삭였다.

"긴 머리의 여자아이. 이름이 설윤이랬나?"

심장이 두근두근 뛰었다. 평소와 달리 기분 나쁜 두근거림이 울려 퍼졌다.

"그 애, 내가 죽였어."

여자는 까르르 웃음을 터트렸다.

"뭐?"

우연은 멍하니 되물었다. 우연의 반응에 여자는 다시 즐거운 듯이 웃었다. 옆에서 김준효가 짧게 욕설을 내뱉고는 외쳤다.

"정신 차려! 저 여자 백설 공주야!!!"

백설 공주? 우연은 멍한 정신이 차가운 물을 맞은 것처럼 깨지는 것을 느꼈다.

백설 공주라면 우연도 들어봤다. 흔한 동화 속 공주를 말하는 것이 아니다. 백설 공주란 한 암살자의 암호명이었다.

'혼자 훈련된 36명을 죽였다는….'

여자는 어느새 공격을 멈추고 여유롭게 웃고 있었다. 우연이 자신의 존재를 안다는 것이 퍽 기꺼운 모양이다. 우연은 김준효를 돌아봤다. 김준효는 공격 자세를 취한 채 여자를 뚫어져라 보고 있었다.

'어차피 저 여자가 우리의 죽음을 원하는 한, 나와 김준효는 이 자리에서 죽는다.'

그렇게 결론을 내렸음에도 도끼를 움켜쥐었다. 그렇다고 이대로 포기하고 싶지는 않았다. 김준효와 둘이 힘을 합쳐도 저여자를 죽일 수는 없다. 하지만 작은 상처라도 낼 수 있다면, 그로 인해 설윤이 받은 고통을 조금이라도 여자가 느낄 수 있다면 이 목숨, 바치리라.

우연은 여유롭게 서 있는 여자를 향해 달렸다. 여자는 달리는 우연을 보고도 여전히 그 자세로 서 있었다. 도끼가 여자에게 닿기 직전 여자를 가볍게 몸을 틀어 도끼를 피했다.

도끼를 여전히 쥔 채 우연은 착지하지 않은 상태로 발에 힘을 담았다. 여자가 우연의 의도를 눈치채고 어이없다는 듯이 헛웃음 지었다. 우연은 발로 여자를 때리려 했으나 이번에도 여자에게 닿지 못했다.

"아가씨가 제법이네."

그 말이 끝나기 무섭게 김준효의 송곳이 여자의 목을 향해 날라왔다. 여자는 씩 웃으며 가볍게 그 송곳을 피했다. 우연은

방과 후 퇴마사

주먹을 움켜쥐었다.

'강하다.'

여자는 강했다. 이대로라면 우연은 김준효와 죽는다. 그것
도 모자라 시간을 되돌려도 설윤을 구하지 못할 것이 분명했다.
우연은 그때 뭔가 이상하다는 것을 알아차렸다. 여자는 우연과
김준효의 공격을 막고 반격할 뿐 선공하지 않는다. 처음에는 이
싸움을 즐기기 때문이라 생각했다. 하지만 조금만 더 생각해 보
면 알 수 있다. 여자는 이 싸움을 즐길 이유가 없다.

암살자인 여자는 비등하지도 않은, 이런 절대 약자와의 싸
움은 이미 질리도록 해왔을 테니까. 그렇다면 답은 아마도 하
나. 여자는 우리를 죽일 마음이 없는 것이다. 우연은 달려들려
는 김준효를 제지하며 입을 열었다.

"당신은 우리를 죽일 생각이 없어. 안 그래?"

여자의 그림 같은 웃음은 여전했다.

"반은 맞고 반은 틀려."

우연은 다시 입을 열었다.

"당신은 나를 죽을 생각이 없어. 김준효는 죽어도 그만, 안
죽어도 그만이야."

여자가 작게 탄식했다.

"똑똑한 아가씨네. 들켜버렸잖아요."

"처음부터 숨길 의도가 없었던 거겠지."

"그것도 맞아."

여자는 순순히 고개를 끄덕였다. 그러더니 싱긋 웃었다.

"나랑 같이 가자. 그러면 저 아가씨 친구도 살려 줄게. 어때?"

우연이 씩 웃었다. 이를 긍정으로 해석한 여자가 웃으려는 찰나 우연은 부적을 떼 하나는 자신에게, 또 다른 하나는 여자에게 다가가 여자에게 붙였다. 여자는 어차피 원귀에게만 효과가 있다는 것을 아는지 별다른 저항이 없었다.

하지만 우연과 같은 퇴마사, 그중에서도 극소수에게서만 내려오는 전설 비슷한 것이 있다. 죄를 많이 지어 타락하고 원이 많으며 한이 큰 영혼은 원귀와 비슷한 효과를 낸다는 것. 따라서 이는 도박이다. 우연은 술식을 실행했다. 정말로 술식이 실행되자 여자가 부적을 떼려는 찰나. 우연은 진심으로 환하게 웃었다. 그에 여자가 멈칫했다.

"또 만나."

그다음 자기 심장을 도끼로 찔렀다. 여자가 기겁하며 무너지는 우연의 육체를 잡았다. 응급처치하려는 것 같은데 이미 늦었다. 우연의 시야로 무너진 얼굴의 준효와 당황한 여자의 얼굴이 흐릿하게 담겼다. 눈을 감았다.

아버지한테 혼나겠네.

그게 마지막으로 든 생각이다.

몇 번을 겪어도 익숙해지지 않는 죽음이었다.

○

제대로 정신을 차리기도 전에 낯선 기억이 흘러들어왔다. 처음에는 당황했지만 이내 당연하다는 것을 깨달았다. 우연이 마지막에 실행한 술식은 상대의 기억을 읽는 것이다. 전에 학교 원귀가 되었던 아이에게 실행한 술식보다 조금 더 과격한 것이라고 보면 될 것이다.

여자의 기억이 흘러들어왔다.

내 이름은 김아연. 별칭 백설 공주. 백설 공주라는 별칭이 붙었을 때, 나는 좋았다. 어렸을 적 내가 가장 좋아했던 공주가 백설 공주였기 때문이다. 하지만 후에는 죄책감이 들었다. 그 이름을 더럽혔기 때문이다. 나는 내 암살이 더 나은 미래를 만드는 것으로 생각했다. 필요 없는 사람을 죽이고 필요 있는 사람을 살린다. 그게 내 이념이다.

아니, 정확히 말하면 나를 거두고 길러준 내 주인의 이념이다. 하지만 그건 중요하지 않았다. 나의 주인이 곧 나 그 자체였으니까. 그래서 받은 명령대로 늘 그랬던 것처럼 그 여고생을 죽였다. 이름이 설윤이라고 했나? 죽일 때까지만 해도 별다른 생각은 없었다. 아직 어리긴 하지만 노란 새싹은 빨리 없애는 게 옳다고 배웠기 때문이다.

하지만 그 설윤이라는 아이의 이야기를 듣고 나는 흔들렸다. 그 아이의 불행은 나와 닮아 있었다. 그래서 그 아이의 친구였다는 애들을 찾아갔다. 대장이 우연이라는 애를 포섭해야 한다고 말한 것도 있었기에 이는 효율적이었다. 하지만 막상 찾아가니 죽일 마음이 들지 않았다. 김준효도, 뜻에 반하면 죽여야 하는 우연도. 마음이라니 우스운 소리다. 암살자에게 마음이라니. 없어야 하는 것이었다. 그걸 생각할 때부터 나는 뭔가 잘못되었다는 것을 깨달았는지도 모른다.

○

우연은 눈을 떴다. 익숙한 천장이 보였다.

'불편해.'

암살자, 백설 공주 김아연의 과거는 말 그대로 불편했다. 자기합리화에 빠진 그 과거는 거부감이 들면서도 어쩔 수 없이 안타까운 마음이 들기도 했다. 물론 그렇다고 김아연이 설윤을 죽였다는 사실이 변하지는 않지만.

우연은 몰래 집을 빠져나왔다. 아마 아버지께서 묵인해 주셨을 것이다. 그리고 학교를 향해 달렸다. 이번에는 늦지 않을 것이다. 늦어서는 안 됐다. 물론 아직 설윤의 등교까지는 시간이 꽤 남았다. 그럼에도 우연은 곧 설윤이 죽는 것처럼 달려갔다. 눈물이 날 것 같다. 하지만 울지 않았다. 울더라도 모른 일이 끝난 다음에 울어야지 지금 울어서는 안 된다는 것을 우연은 알았다. 교실 문을 열었다. 그리고 교실문 너머에는 설윤 대신 김아연이 있었다.

김아연은 놀란 것 같은 얼굴을 했다가 금방 수습했다. 과연 프로다웠다.

"아가씨가 일찍부터 무슨 일로?"

우연은 일부러 모르는 척하는 대신 말했다.

"김아연."

"!!"

"설윤을 죽이러 왔을 거야. 그렇지?"

김아연은 침묵했다. 우연은 그 침묵이 긍정임을 알았다.

"설윤을 죽이려면, 나부터 죽여야 할거야, 암살자."

우연은 도끼를 꺼내 들었다.

"대단한 우정이네. 하지만 어디까지 갈 수 있을까?"

"넌 몰라."

마치 무언가를 알고 하는 듯한 말에 김아연의 얼굴이 구겨졌다. 팔뚝만 한 도끼가 자신을 향해 휘둘러지자, 암살자의 눈은 오히려 더 빛났다. 대화보다 자신을 죽이려 하는 누군가의 공격을 받는 게 더 나은 것처럼 보였다. 우연은 그 모습에 화가 치밀어 올랐다. 자신은 상대가 안 된다는 듯이 기꺼이 공격받는 게 못마땅했다. 하지만 그 감정은 오래 가지 못했다.

"커헉!"

우연의 허리가 굽어졌다. 김아연의 손에 뭉툭한 칼이라도 들려 있었다면 자신은 분명 치명상을 입었을 것이다. 우연은 꿇어지려는 무릎을 간신히 지탱하며 짧게 생각했다. 이대로라면 아무 의미 없이 질 것이다. 이대로라면 설윤은 또다시 죽을 것이고, 우연은 그 모습을 바라만 봐야 할 것이다.

눈시울이 뜨거워졌다. 우연은 고개를 치켜들었다.

"좋은 눈빛이야."

우연을 건조하게 바라보던 김아연이 말했다. 우연은 가르치려는 듯이 부드러운 어투에 눈을 부릅떴다. 김아연의 무표정한 얼굴에 흐릿한 미소가 차올랐다. 그 미소가 지금 상황에 맞지 않게 부드러웠다.

"설윤을 포기해. 그러면 너도 살 수 있어."

우연은 비참함에 사로잡히지 않으려 노력하며 현 상황을 정리했다. 사실상 우연은 패배했다. 지금 우연이 살아있는 것은 우연이 강해서가 아니었다. 우연이 살아있는 진짜 이유는 김아연이 우연을 죽이기를 원하지 않기 때문이다.

'왜?'

의문이 든다. 왜 저 강한 존재는 우연을 죽이기를 원하지 않는 것일까?

'아마 저 암살자가 생각하는 암살자의 주인 때문이겠지.'

쿨럭. 우연은 피를 뱉어냈다. 우연이 생각을 정리하는 것을 김아연은 고민하는 것으로 생각한 모양이다. 김아연의 미소가 짙어졌다.

'죽음 앞에서 의미가 있을 수 있는 건 없지.'

김아연, 그 자신도 오직 죽기 싫어 살아오지 않았던가.

김아연의 웃음이 씁쓸하게 바뀌었다. 하지만 우연은 그 씁쓸함이 그저 우스웠다. 우연은 손에 쥔 도끼로 김아연을 가리켰다. 그러자 김아연의 얼굴에서 씁쓸함에 가셨다. 김아연이 가소롭다는 듯이 손을 튕기려던 그때였다.

"이번의 내가 안 된다면 다음의 내가. 다음의 내가 안 된다면 그다음의 내가 너를 찾아갈 거야."

"뭐?"

김아연이 의아한 듯이 되물었다. 하지만 우연은 그 되물음을 무시한 채 도끼를 자신에 겨눴다. 고요한 눈으로, 하지만 조금 당황한 기색의 얼굴로 김아연은 우연을 지켜보았다. 우연은 김아연을 보고 씩 웃었다. 그 후 바로 자기 목을 내리쳤다.

4장

곧바로 다음날 자신의 방에서 눈을 뜰 줄 알았던 우연은 암흑색 공간에서 눈을 떴다. 우연은 그 공간이 무엇인지 알았다. 최상급 퇴마사만 쓸 수 있다는 '영역'이다. 그리고 그 영역에는

"아버지?"

아버지가 있었다. 아버지는 우연을 고요히 바라보았다. 우연은 그런 아버지를 보고도 얼른 이 암흑색 공간에서 나갈 생각뿐이었다. 그런 우연을 눈치챈 듯이 아버지가 입을 열었다.

"내가 잘못 판단했어."

우연은 이곳을 빠져나갈 궁리를 하다가 멈칫했다. 아버지의 음성이 낮게 가라앉아 있었기 때문이다.

"넌 생존 본능이 빠져 있다. 죽음을 여러 번 겪을 수 있다는 것을 알았으면 몸을 사려야지. 너는 도대체….."

뒤늦게 아버지를 바라보았다. 아버지는 낮게 가라앉은 표정만큼이나 어두운 얼굴을 하고 있었다. 평소에 어떤 감정도 내비치지 않던 아버지가, 우연이 확연히 알아챌 만큼 슬픈 얼굴을 하고 있었다. 그제야 우연은 자신이 뭘 놓치고 있었는지 알아

차렸다. 친구가 소중해 그 뒤를 쫓느라 가족의 그늘을 보지 못했다. 우연은 아버지를 끌어안았다. 아버지는 흠칫 몸을 떨지언정 우연을 밀어내지 않았다. 우연은 그 다정함에 기대 품을 파고들었다.

"잘못했어요, 아버지."

웅얼거리자, 아버지는 그런 우연을 어색하게 쓰다듬었다. 우연은 그 서툰 손길마저 좋았다. 그제야 우연은 역지사지라는 것을 해봤다. 만약 아버지가 이런 일을 반복했다면 우연은 가슴이 찢어졌을 것이다.

아버지에게서는 답이 없었다. 우연은 아버지가 화내도 할 말이 없다는 생각에 고요히 눈을 감고서 떨어질 말을 기다렸다. 하지만 아무리 시간이 지나도 우연을 향한 비난의 말은 날라오지 않았다. 눈을 뜨자 기다렸다는 듯이 아버지와 눈을 마주쳤다.

"살다 보면 혼자서 책임질 수 없는 일을 맞닥뜨리기도 해. 그걸 내가 노여워하지 않고 지금까지 살아온 것은 이유가 있다."

"……"

"혼자서 책임질 수 없는 일은, 함께 책임지면 할 수 있는 일이 되기도 하기 때문이야."

우연은 그제야 자신이 어떻게 해야 했는지 알아차렸다. 이걸 너무 늦게 깨달아 가장 소중한 자신의 아버지를 상처 주었다. 우연이 어쩔 줄 모르고 있자 아버지는 다시 우연을 끌어안았다.

'괜찮아.'

여전히 손길은 서툴렀다. 하지만 그 품에서 우연은 아버지는 아무 말도 하지 않았음에도 뒷말을 들은 것 같았다.

"그럼, 이제 일어날 시간이야."

우연은 환한 빛이 밀려 들어옴을 느꼈다. 그리고 마침내 아침이었다.

○

아버지에게 그간 알아낸 김아연에 대한 정보를 알려드렸다. 하지만 몇 마디 듣지 않고 아버지는 이미 알고 있다는 듯이 고개를 끄덕였다. 아버지는 곧장 학교로 향했다. 아버지가 달리는 모습은 처음이었다. 아버지는 늘 여유가 있는 분이셨으니까 말이다. 아버지가 자기 일로 인해 그 여유를 버리고 함께 가준다는 건 죄송한 일이었다. 그럼에도 가슴이 붕 뜨는 느낌이 드는 건 왜인지.

아버지가 나타나자, 김아연은 우연을 상대했을 때 몸에 두르고 있던 여유를 잃었다. 아버지는 낮게 말했다.

"오랜만이구나, 청소부."

김아연이 얼굴을 일그러트렸다. 우연은 서로를 알고 있는 듯한 대치에 도끼를 들고 의아한 얼굴로 김아연을 경계했다. 김아연은 아버지에게 품에 숨겨두었던 작은 단검을 던졌다. 단검은 작았지만, 공기를 가르는 속도를 장검인 듯이 무시무시했다. 아버지는 그 단검을 언제 꺼냈는지 모를 도끼로 쳐냈다. 김아연은 그럴 줄 알았다는 듯이 단검을 끊임없이 던졌다. 우연은 자신을 상대할 때는 없던 살기가 김아연을 둘렀음을 알아차렸다.

그것이 분하고, 또 무력했다. 하지만 이런 감상에 젖어 있을 수는 없었다. 우연은 아버지에게 단검을 던지느라 정신이 팔린 김아연에게 도끼를 휘둘렀다. 챙! 금속과 금속에 맞닿는 소리가 났다. 그때 아버지께서 손바닥만 한 못을 허공에 띄웠다. 우연은 그게 뭔지 알았다. 김아연은 그걸 모르는 듯했다. 그럴 만도 했다. 아버지는 저 못은 결코 상대를 죽이기로 마음먹었을 때만 꺼내 신는다. 우연은 지금까지 저 철퇴가 늘 원귀에게 향하는 것만 보았다. 하지만 막상 김아연에게 향한다고 생각하니, 그것도 자신 때문이라고 생각하니 가슴 한구석이 서늘해졌다.

허공에 떠있던 못들이 중력과 여러 당연한 법칙을 무시하고 김아연에게로 가 박혔다. 김아연은 못 몇 개는 능숙하게 피했지만, 워낙 수가 많고 빠른 속력으로 쳐박혔던 터라 급소가 아닌 부위는 박힐 수밖에 없었다. 김아연은 못을 빼내려고 하며 아버지를 비웃었다.

"겨우 이런 거로 나를 죽일 수 있다고 믿는 건가?"

아버지는 조용히 부적을 꺼냈다. 허공에 던진 다음 도끼로 그 부적을 정확히 반으로 갈랐다. 우연은 그다음 일을 예상했다. 김아연의 몸은 터져 나갈 것이다. 하지만 그럼에도 눈을 떼지 않았다. 설윤 때문에도 있지만 자신 때문에 손에 피를 묻히게 된 아버지에게 죄송한 마음이 컸다.

김아연의 몸은 터져 나가지 않았다. 그 대신 흐릿해졌다. 우연은 본능적으로 김아연이 죽어가고 있음을 알아차렸다. 김아연이 무언가를 말하려는 듯이 입을 벙긋거렸다. 우연은 하찮은 말일 것으로 생각하면서도 입 모양에 집중했다.

'조심해.'

흐릿해지던 김아연은 하얀 한줌의 잿가루가 되어 바닥에 뿌려졌다. 우연은 어쩐지 울고 싶은 기분이 들었다. 아버지가 그때 우연의 머리를 조용히 쓰다듬어 주셨다. 우연은 그 온기에 머리를 기댔다. 그때였다.

"신우연! 뭐야. 웬일로 학교 일찍 왔어?"

밝고 낭랑한 목소리에 몸을 흠칫 떨었다. 아버지의 손길이 떨어져 나갔다. 우연은 손길은 떨어져 나갔을지언정 시선은 여전히 자신을 향해 있다는 것을 깨달았다. 설윤이 숨을 들이켰다.

"혹시 옆에 계신 분은…. 아버지셔?"

설윤은 진심으로 당황스러웠다. 이 시간에 우연이 학교에 있는 것도 신기한데 우연의 아버지(로 추정되는 사람)조차 함께 있다는 것이 혼란스러웠다. 이 와중에 우연의 얼굴이 어두운 것

145

방과 후 퇴마사

도 신경 쓰였다. 설윤은 조심스레 괜히 우연 아버지의 눈치를 보며 우연에게 다가갔다.

우연은 설윤의 목소리를 듣고는 계속 굳어 있었다. 우연은 아직 생생했다. 설윤의 창백한 얼굴과 뻣뻣하게 굳어 있던 설윤의 몸이. 설윤은 우연이 시간이 지나도 움직이지 않자 그제야 이상함을 느꼈다.

"너 왜 그래? 어디 아파?"

우연은 반사적으로 고개를 저었다. 얼굴이 뜨겁게 적셔졌다. 설윤은 눈을 동그랗게 떴다.

"우는 거야?"

설윤이 상황의 심각성을 파악한 듯이 다가와 우연을 살폈다. 우연은 설윤이 자신을 보고 있다는 것을 알고 있었음에도 눈물이 멈추지 않았다. 그럴 만도 한 게 사람의 죽음을 경험한 건 무력했던 어린 시절 이후로 처음이었다. 이제는 세상에서 제일 강하지는 않아도 내 사람을 지킬 수는 있다고 생각했다. 하지만 그건 착각이었다. 우연은 자신이 어린 시절에서, 그 무력감에서 벗어나려고 노력했지만, 여전히 교통사고가 났던 그곳에 머물러 있음을 깨달았다.

우연은 설윤이 어느 정도 다가오자, 몇 걸음 더 나아가 설윤을 끌어안았다. 설윤은 이런 식의 접촉은 처음인 듯 당황했다. 우연은 그런 설윤을 차마 배려하지 못한 채 말했다.

"잘 왔어."

146

우연은 영문 몰라 하는 설윤을 한참이고 끌어안고 있었다.

ㅇ

우연은 그날 조퇴를 하고 집으로 돌아왔다. 집에 돌아온 건
아버지와 우연, 이렇게 두 사람이었지만 후에 설윤도 올 예정
이다. 설윤이 당분간 우연의 집에서 지내게 되었으니 말이다.

이는 아버지의 제의였다. 김아연이 죽은 이상 언제고 설윤
은 노려질 것이라 말씀하셨다. 우연은 그 말에 동의하면서도 의
아했다. 설윤이 뭐를 그렇게 잘못한 건지 모르겠다는 생각이 제
일 먼저 들었다. 그와 함께 든 생각은 아버지에게 말씀드리지는
않았다. 아버지께서 일부러 숨기려는 사실이었으니까. 그 생각
은 이제부터 우연과 우연의 아버지 또한 본격적으로 노려지리
란 것이었다. 사실 이는 어느 정도 고려한 것이었다. 우연은 알
았다. 아버지가 모종의 일로 숨어 살고 있다는 사실을. 그런데
학교로 가라고 할 때부터 이는 어쩌면 정해진 것이었다. 우연이
아무리 조용히 학교생활을 했다고 하더라도 시일이 조금 늦춰
지는 것뿐이었을 것이다.

그렇기에 우연은 고민했다. 자신이야 평생을 누군가에게 쫓
기며 살아왔으니 상관없지만 그로 인해 주변 사람들이 위험해
진다면 참을 수 없을 것이다. 우연은 이제 '그'를 죽이는 것만이
목표가 아니었다. 우연의 목표는 자신에게 속했다고 생각되는

147

사람들을 지키는 것이다. 그리고 누군가를 지키는 것이 죽이거나 없애는 것보다 어렵다는 것을 이제는 알았다.

아버지는 우연의 고민을 어렴풋이 눈치채고 있었음에도 아무런 첨언을 보태지 않았다. 그저 미안할 뿐이었다. 도망 다니는 자기 딸로, 막대한 의무를 지고 태어난 아이가 가여웠다. 이는 그 누구에게도 내보일 수 없는 진심이었다. 아버지는 어떤 신도 믿지 않았다. 하지만 이 모든 것을 저지른 신이 있다면 우연이라는 나의 세상을 깨트리지 않기를 바랐다. 자신의 죄 탓에 죽어서 그 어떤 지옥으로든 떨궈져도 좋으니 말이다.

○

설윤에게 방을 배정해 준 우연은 설윤의 방에 잠시 머물렀다. 우연과 설윤의 사이에 침묵이 맴돌았다. 먼저 입을 연 것은 설윤이었다.

"미안해. 금방 나갈게."

"아니, 그런 말을 하려고 온 게 아니야."

우연은 남이 눈치채지 못할 정도로만 망설이다 말했다.

"편하게 지내. 이제부터 네 집이기도 하니까."

설윤은 고개를 푹 숙였다. 우연은 설윤이 울 것으로 생각했지만, 설윤은 몸을 가늘게 떨지언정 눈물을 흘리지는 않았다.

"너는 그러면 협회 소속인거야?"

"응."

"나도 협회에 들어갈래."

교장의 제안이 유효하다면 말이지. 우연의 말에 설윤은 조금 놀랐지만 예상했다는 듯이 표정을 가다듬었다.

"힘들 거야."

"지금까지 뭐 하나 쉽게 한 적 없어."

"그거랑은 달라."

"난 친구를 지키기 위해 뭐든 할 수 있어."

결국 말문이 막힌 것은 설윤이었다. 설윤은 그제야 고개를 끄덕였다.

"나도.... 마찬가지야."

작게 들려오는 말소리에 우연은 흐릿하게 미소 지었다.

날이 밝고 우연은 조금의 망설임도 없이 교장실로 향했다. 아버지에게서 허락받지 못한 상태였다. 그럼에도 우연은 망설일 것이 없었다. 설령 아버지가 협회 가입을 허락하지 않는다고 하여도 사과할지언정 번복하지는 않을 것이다. 사실상 이는 아버지에게 하는 통보였다.

노크 후 교장실 문을 열자 당연하다는 듯이 교장이자 협회의 수장이 있었다. 우연은 같은 공간이지만 다른 상황이 주는 이질감을 느끼며 교장실 안으로 들어갔다.

"왔는가."

수장은 예상했다는 듯이 우연을 맞이했다. 우연은 고개를 짧게 숙이고 수장이 안내하는 자리에 앉았다. 우연은 시간 끌 것 없다는 듯이 본론을 꺼냈다.

"저번에 해주셨던 제안, 유효합니까?"

수장은 그 말을 기다렸다는 듯이 시원시원하게 씩 웃었다.

"물론이야."

우연은 잠시 머뭇거리다 물었다.

"왜 제게 그런 제안을 해주시는 겁니까?"

"넌 내가 두 번째로 인정한 아름다운 학생이거든."

우연은 의미 모를 말에 숙이고 있던 고개를 들고 수장을 바라봤다. 수장의 눈동자를 꼭 현재가 아닌 과거를 헤매는 듯이 보였다. 우연은 묘한 찝찝함에 주먹을 말아쥐었다.

상념에서 벗어난 듯한 수장이 통보했다.

"정식 협회원이 되기 전 시험을 치러야 해."

"시험이요?"

"협회원이 되면 학교도 명예적으로 조기 졸업할 수 있는데 시험이 있는 건 당연하지."

수장이 능글맞게 웃었다. 우연은 이해한 듯이 고개를 끄덕였다.

"시험이란 게 무엇입니까?"

"간단하다면 간단해. 네가 이 학교에 입학한 목적을 이루면 되거든."

우연은 놀라 고개를 번쩍 들었다. 어떻게 그걸 아는지 소름이 끼쳤다. 하지만 수장은 그런 우연의 궁금증을 해소해 주는 대신 '목적'을 풀어서 말했다.

"학교의 소문, 알고 있지? 그 소문의 원인이 되는 원귀를 찾아 없애."

수장은 잠시 망설이다가 덧붙였다.

"설령 사람일지라도."

우연의 눈이 동그래졌다. 단 한 번도 사람을 죽여본 적이 없으니 당연했다. 그런 우연의 반응을 보고 놀리듯이 말했다.

"저런, 원귀와 사람을 완전히 다른 존재로 보는 거야?"

당연한 물음에 침묵하자 수장은 진지한 낯을 하고 말했다.

"그 둘은 다르지 않아. 그 둘을 구별하면 너는 협회의 일원이 되지 못해."

우연의 두 주먹이 바들바들 떨렸다.

"네 최종 목표도, 새로 생긴 목표도 이루지 못할 거야."

마치 머릿속을 들여다보고 말하는 것 같다. 우연은 무너진 표정을 가다듬고 말했다.

"이룰 거예요. 사람을 사람으로, 원귀를 원귀로 보면서."

우연은 자리에서 일어섰다. 수장의 진득한 시선이 달라붙었다.

"그 둘은 달라요."

우연의 눈동자가 수장을 꿰뚫듯이 응시했다. 그것도 잠시 우연은 눈을 돌려 교장실을 나갔다.

"하, 하하하!!"

우연의 등 뒤로 호탕하고 시원시원한 웃음소리가 들렸다. 그럼에도 우연은 뒤를 돌아보지 않았다.

"저게 진심이라니."

사람의 진심을 구별할 수 있는 이능력을 가진 수장은 웃음기가 가시지 않은 얼굴로 히죽 웃었다.

"역시 내 안목은 틀리지 않았어."

○

교장과의 대화 후 나오는 길. 우연은 담임 선생님, 최승아와 마주쳤다. 짧게 묵념하고 지나치려는데 최승아는 우연을 보낼 생각이 없는 듯이 팔을 쥐었다. 우연은 은은한 통증을 느끼며 최승아를 바라봤다. 최승아는 평소 온화하고 차분한 모습은 온데간데없고 초조하고 불안해 보였다.

"선생님?"

우연이 의아하게 묻자, 최승우는 몸을 움찔 떨 뿐 우연을 놔주지 않았다.

"협회에 들어온다고 안전할 거란 생각은 하지 마."

그제야 우연은 최승아의 생각을 알아차렸다. 자신 또한 협회의 일원으로서 우연이 들어오길 바랐지만, 목숨이 위험하기까지는 바라지 않았나 보다. 사실 뷘 지며칠 안 되었지만, 그 걱정이 좋아서 우연은 오랜만에 웃었다.

"괜찮아요."

최승아는 그 말을 듣고서도 한참 팔을 쥐고 있다가 겨우 우연을 놔줬다.

"아, 미안하구나. 시간을 너무 오래 뺐었네."

"괜찮습니다."

최승아가 평소처럼 돌아와 말하자 우연은 다시 예의상 미소 짓고는 앞으로 나아갔다.

ㅇ

밤이 드리운 학교는 여전히 으스스했다. 우연은 전에 여기서 설윤을 만났던 것을 떠올렸다. 그때 설윤을 만났고 설윤이 용기를 냈기에 가까워질 수 있었다. 우연은 설윤과의 기억이 추억이 되었음을 알았다. 이건 모두 아버지가 지킨 결과였다.

'누군가를 지킨다는 것이 번거로운 일만은 아니야.'

우연은 그런 생각이 문득 들었다. 어쩌면 지금까지 우연이 잘못 생각했는지도 모른다.

어둠에는 후레쉬보다 익숙해지는 게 더 좋다는 것을 아는 우연은 핸드폰과 도끼만 가지고 학교를 돌고 있었다. 그때였다. 근처에서 인기척이 들려왔다. 우연은 도끼를 말아 쥐고 인기척이 있는 곳의 사각지대로 향했다. 하지만 이내 인기척의 주인에게서 살기가 느껴지지 않는다는 것을 알아차리고는 도끼를 갈무리했다. 복도를 돌아 나온 것은 김민성이었다. 우연은 학교에 몰래 잠입한 학생이겠거니 하면서 무시하고 지나치려 했다. 하지만 김민성을 우연을 붙잡았다. 우연은 어처구니없는 얼굴로 돌아보았다. 김민성은 싱그럽게 웃으며 말했다.

"저번에 구해줘서 고마웠어."

그제서야 우연은 김민성이 저번에 아이들이 실종됐을 때 구했던 실종된 애들 중 하나였다는 걸 기억해냈다. 우연은 짧게 고개를 끄덕였다. 우연이 관심 없다는 듯이 가던 길을 가려고 하자 김민성이 조급하게 말했다.

"네가 협회 소속이 되었다는 소리 들었어."

우연의 눈빛이 돌변했다. 우연은 도끼 손잡이 부분으로 순식간에 김민성의 목을 압박했다.

"어디까지 알고 있는 거야?"

윽. 김민성이 신음을 참으며 다급하게 덧붙였다.

"나도, 나도 협회 소속이야! 그래서 알아."

김민성은 품속에서 협회 소속만 가질 수 있는 협회증을 꺼내 우연에게 보여줬다. 협회증이 진짜인 것을 확인한 우연은 즉시 고개를 숙였다.

"미안해."

"아니, 뭐. 괜찮아."

사과를 받을 줄 몰랐던 김민성이 떨떠름하게 말했다. 우연은 그제서야 대화할 마음이 생긴 듯이 복도에 등을 기댔다.

"여긴 왜 온 거야?"

"협회 일원끼리일지라도 임무는 공개해서는 안 돼."

그 말에 우연은 이해했다. 김민성은 우연이 자리를 뜰까 봐 이어 말했다.

"한가지 말해줄 수 있는 건 나도 퇴마사라는 거야."

우연의 눈이 동그래졌다. 같은 퇴마사는 존재한다고만 들었지 실제로 본 건 처음이었으니 무리도 아니었다. 우연은 평소답지 않게 되물었다.

"네가 퇴마사라고?"

김민성은 고개를 끄덕이며 자신의 부적이 감긴 몽둥이를 들어 올렸다.

"이게 내 술식의 매개체야."

우연은 거기서 느껴지는 불온한 기운을 느끼고 나서야 김민성의 말이 사실임을 알아차렸다. 김민성은 우연이 어느 정도 경계를 거두자 덧붙였다.

"나는 여기 오긴 했지만 정말 아무것도 하지 않을 거야."

"그게 뭔 말이야?"

"애초에 내 능력으로 할 수 없는 원귀일뿐더러 이번 임무는 너의 시험이잖아."

우연은 그 말을 듣고 서야 이해했다. 그런 후 날카롭게 되물었다.

"그럼 너는 나를 감시하러 왔다는 소리네?"

"음."

김민성이 잠시 침음하더니 난감한 얼굴을 했다. 우연은 얼굴에 표정이 다 드러나는 김민성이 어이가 없을 따름이었다. 나름 협회의 일원인데 자기 표정 하나 갈무리하지 못하고 있다는 게 어이가 없었다. 반대로 너무 티가 나니 싸워야겠다는 의욕이 사라지는 것도 사실이라 우연은 김민성을 지나쳐 앞으로 걸어 나갔다. 그런 우연의 뒤를 김민성은 졸졸 쫓아오며 떠들었다.

"넌 나를 모르겠지만 나는 그때 너를 만나기 전부터 너를 알았어. 당연하지. 너는 퇴마사 중에서 천재 중의 천재니까."

대놓고 칭찬을 듣는 건 처음이라 가슴이 조금 간질거렸다. 하지만 그 간질거림은 곧 사라졌다.

"기척이다."

"기척? 아무것도 안 느껴지는데?"

김민성은 그렇게 말하고 나서 입을 다물었다. 우연이 극도로 집중하는 모습이 보였기 때문이다.

"최대한 내 곁에서 떨어지지 마. 그렇다고 안심하지 말고. 네 목숨은 네가 지켜."

그렇게 말하며 도끼를 허공에 한 번 휘둘렀다. 도끼로부터 생성된 바람의 소리가 들렸다. 우연은 달라진 기운에 동공을 확장하며 뒤를 돌아봤다.

"너…."

뒤에는 아무도 없었다. 처음부터 우연이 혼자 걸어왔다는 듯이 우연 혼자였다. 창문을 보니 달과 구름, 그리고 바람에 흔들린 나무가 보였다. 우연은 뒤를 돌아 김민성의 흔적을 찾아 걸었다. 얼마나 걸었을까. 다시 창문을 바라봤다. 거리가 달라졌을 뿐 달과 구름, 나무는 똑같았다. 그걸 보고 확신한 우연은 주머니에서 볼펜을 꺼내 낙하했다. 예상대로 볼펜은 낙하하지 않고 그 자리에 멈춰 있었다.

'시간이 멈췄어.'

우연은 도끼를 말아 쥐며 생각했다. 원귀가 이런 짓까지 할 수 있던가?

'아니. 그건 불가능해.'

따라서 지금 우연이 상대해야 하는 것은 사람이라는 소리다. 우연은 기다리는데 소질이 없었기 때문에 부적을 꺼내 술식을 전개했다. 술식은 원귀를 이 자리에 소환하는 것이었다. 부적이 밝게 빛나다 사그라들며 타들어 갔다. 우연은 사그라들기 무섭게 들리는 괴성에 귀를 막을 틈도 없이 날아드는 원귀의 거대한 팔을 피했다. 원귀는 교무실 앞에 서서 꼭 사람인 양 숨을 씩씩 내쉬고 있었다. 원귀는 몸통이 커다랬고 머리가 작았으며 팔이 길었다. 그리고 그와는 어울리지 않게 다리가 짧았다. 이번 원귀를 누가 봐도 사람과는 다른 모습이었다. 우연은 도끼를 한번 빙빙 돌리고는 바로 원귀를 향해 빠르게 돌진

방과 후 퇴마사

했다. 원귀는 쓱쓱 흐느적거리며 건물을 무너트렸다. 우연은 무너진 건물을 흝듯이 보았다.

'무너트린 거 알아서 해결하겠지.'

이내 걱정을 털어버렸다. 우연은 이제 개인 퇴마사가 아니라 소속이 된(정확히 말하면 될 예정인) 퇴마사이다. 그러니 임무 중에 발생한 손상은 알아서 할 것이라 믿기로 했다. 물론 수장은 믿을만한 사람이 아니지만 협회의 수장이라면 뒤처리 정도는 알아서 잘할 것이다.

우연은 도끼에서 부적을 뗄까 갈등하다가 그만두었다. 부적은 귀했고 귀한 부적을 이미 한번 사용하였기 때문이다. 원귀가 이놈 하나라는 보장도 없는 부적을 낭비할 수는 없었다. 우연은 도끼를 한 바퀴 돌려 바로잡았다.

원귀가 달려들자, 우연은 곧바로 도끼를 여러 번 휘둘렀다. 도끼가 원귀를 제대로 스쳤음에도 생채기 하나 없었다.

'몸체가 단단해.'

우연은 공중에서 추락하며 생각했다. 힘을 주어 단번에 꿰뚫어야만 한다. 우연은 타이밍을 보며 원귀의 주위를 맴돌았다. 원귀는 아는지 모르는지 학교를 부수는데 바빴다. 우연은 원귀가 방심한 틈을 타 원귀의 목에 매달렸다. 그제야 우연의 존재를 상기한 원귀가 괴성을 질렀다. 우연은 몸부림치는 원귀에게 끈기 있게 매달려 기회를 보다가 힘을 줘 도끼를 단번에 휘둘러 목을 떨어트렸다.

원귀의 목이 꺾이며 금색 구슬이 나왔다. 꽤 상급 원귀였던 모양이다. 우연은 땀을 닦으며 구슬을 주웠다. 그리고 주위를 둘러봤다. 본래 원귀가 퇴마되면 원귀가 저지른 일들은 바로 돌아간다. 그 말은 즉 저 원귀는 김민성을 데려간 범인이 아니라는 것이다.

우연은 다시 눈을 감고 이번에는 사람까지 같이 추적할 수 있는 부적을 꺼내 발동시켰다. 부적은 우연 주위를 한번 돌더니 곧장 곧게 뻗어 나갔다. 우연은 부적을 쫓아가며 주위를 두리번거렸다. 어디서도 원귀 특유의 기운이 느껴지지 않았다. 우연은 부적을 쫓아 그대로 교실 문을 열었다. 그때였다. 세상이 무너져 내리기 시작했다. 우연은 추락감을 느끼며 낙하를 준비했다. 이런 경우를 대비하는 교육을 받은 적 있었기 때문이다.

자신의 공간 안으로 상대를 구속하는 이능력. 우연은 당황하지 않았다. 하지만 아무리 기다려도 그 어느 바닥에도 닿지 않았다. 우연은 그제야 주위를 두리번거렸다.

주위는 온통 분홍색으로 가득 차 있었다. 바닥의 타일도, 벽지도, 식탁과 소파도 온통 분홍색이었다. 우연은 허공에 대롱대롱 매달린 채 소파에 태연히 앉아있는 소녀를 노려봤다. 우연은 어렸을 적부터 원귀를 가까이하며 퇴마를 해온 몸이다. 한마디로 우연의 기세는 무당보다 엄청났다. 소녀는 그런 우연의 기세에도 조금도 당황치 않고 마주 보았다. 그 점에서 소녀 또한 범상치 않음을 느낄 수 있었다.

소녀는 몽롱한 얼굴로 우연을 바라보다가 순식간에 싸늘해진 얼굴로 말했다.

"너구나? 언니를 죽인 자식이."

그 말과 함께 몽글몽글한 분홍색 공간이 숲으로 전환되었다. 우연은 그제야 바닥에 착지했다. 정확히 말하면 나무에 걸려 낙하했다는 표현이 더 맞을 것이다.

"이상해. 너처럼 어리숙한 애한테 언니가 죽다니."

우연은 그제야 소녀가 말하는 '언니'의 정체를 알아차렸다. 아버지가 죽였고, 설윤을 죽인 그 여자를 말하는 것이었다. 그 사실을 알아차리자, 미간이 저절로 구겨졌고 목소리는 저절로 크게 나왔다.

"그 여자가 먼저 설윤을 죽이려고 했어."

"언니는 선을 위해….'

"아니. 설윤은 잘못이 없어."

소녀의 인형 같은 얼굴에 흠집이 나며 몸이 부들부들 떨렸다. 이내 귀청이 떨어질 것 같은 고함이 이 숲을 울렸다.

"내가 말하는데 끊지 마!!!"

우연은 이제야 조금 차분해져서 말했다.

"너는 너의 언니가 죽은 것보다 네 말이 끊긴 게 더 화가 나는 거야. 그렇지?"

"아니, 아니야."

소녀가 고개를 도리도리 저었다. 그 사이 우연은 빠르게 숲을 돌아보았다. 그때 저 멀리 나무에 묶여 있는 인영을 발견했다.

'김민성!'

우연이 걸음을 내딛자 그제야 소녀는 정신을 차린 듯했다. 소녀는 손가락을 튕겼다. 이번에는 아무것도 보이지 않는 검은색 공간이 있었다.

"두렵지?"

우연은 씩 웃었다. 그 웃음을 본 소녀, 라타는 경악했다.

'웃어?'

이 상황에서 웃는 우연이 라타는 미친 것 같았다. 우연은 도끼를 한 바퀴 돌리며 라타에게 묻기까지 했다.

"너희구나. 설윤과 내 아버지를 노리는 자식이."

라타는 침묵으로 긍정했다. 그 침묵에 우연의 얼굴에서 웃음기가 사라졌다.

"그렇다면 지키기 위해 너를 아프게 할 수밖에 없어."

라타는 당황했다. 그 얼굴을 하는 우연의 얼굴이 진심으로 안타까워 보였다. 하지만 라타는 곧 정신을 차려 독기 품은 목소리로 외쳤다.

"그런 위선 따위, 필요 없어!"

그러고는 악에 받쳐 공격을 퍼부었다. 주로 화살이었고 중간중간에 돌이 섞여 있었다. 그뿐 라타는 모습을 드러내지 않았다.

우연은 그 모든 것을 피했다. 가끔 돌에 맞기도 했지만, 화살 만큼은 도끼로 쳐내 악착같이 버텼다. 우연은 이 모든 공간을 사용하는 것도 한계가 있음을 알았다. 저런 공간을 사용하는 이 능력자들은 위험으로 치부되었고 그래서 많은 정보를 남겼다. 우연은 그 정보를 바탕으로 최대한 시간을 끄는 쪽을 택했다. 그런 우연의 판단은 들어맞았다.

"컥!"

리타의 기침 소리가 공간을 울렸다. 우연은 비릿한 피 냄새에 라타가 피를 토했음을 알아차렸다. 그렇기에 말했다.

"그만하는 게 좋을 거야, 너에게도."

"시끄러워!"

라타는 그런 자신의 상태를 무시하려는 듯이 독살스럽게 외쳤다. 우연은 고개를 한번 저었다. 그러고는 라타의 코앞으로 도약했다.

"나는 사람을 죽이고 싶지 않아."

"위선자."

라타가 피를 토하면서도 악착같이 비웃었다. 그러는 와중에도 우연에게 쏟아지는 돌과 화살은 줄어들지 않은 채였다. 우연은 그제야 알아차렸다. 라타는 이 공간에서 살아 나갈 생각이 없었다는 걸.

"그만둬!"

우연은 라타를 붙잡고 거세게 흔들었다. 라타는 우연에게 속절없이 붙잡힌 채 흔들리면서도 여전히 우연을 비웃고 있었다. 라타가 문득 말했다.

"하지만 나는 그런 위선도 좋을 만큼 간절해."

우연을 보며 라타가 흐릿하게 웃었다. 우연은 그 웃음에 심장이 철렁 내려앉았다. 라타가 입을 열었다.

"우리는 마피아야. 죽을 바에는 죽이기 위해 살았어. 하지만 이제는, 살리고 싶어."

라타가 입을 열수록 라타의 출혈이 점점 심해졌다. 우연은 창백하게 질린 리타에게 외쳤다.

"하지 마!"

"저런. 난 네 적이야."

라타의 독기 어렸던 눈동자에 이제는 체념이 깃들었다. 우연은 고개를 저었다. 안된다. 이렇게 무력하게 또다시 사람이 죽어가는 것을 보고 싶지 않다. 그런 우연의 심정을 알아챈 것처럼 라타가 말했다.

"강해져. 지키고 싶다면."

우연이 눈물을 참는 것을 리타는 아는 듯했다. 그 밖에 모든 것도 라타는 알고 있는 것만 같은 기분이 들었다. 왜 방금까지 싸우던 적에게 이런 감정을 느끼는지 이해할 수 없었지만 말이다.

"네가 찾는 '그'는…. 우리의 수장이야."

우연의 얼굴을 라타가 쓸었다. 얼굴에 리타의 손톱자국이

짙게 긁혔다. 하지만 우연은 그런 것을 신경 쓸 틈이 없었다. 또다시 눈앞에 사람이 죽는다. 완전히 무고하다고는 할 수 없지만 이건 달랐다. 김아연이 죽을 때와는 완전히 다른 느낌이었다.

라타는 우연의 이마를 톡톡 쳤다. 그 순간 우연에게 라타의 기억이 스며들어 왔다. 우연의 엄마에게 구원받아 스파이 역할을 자처하던 라타. 우연의 엄마를 닮은 김아연을 따르던 라타. 우연은 흐릿해지는 시야를 느끼며 얼굴을 마구 문질렀다. 그 손길이 어찌나 거친지 새로운 생체기가 생길 지경이었지만 우연은 그 몸짓을 멈추지 못했다. 뜨거운 눈물이 끊임없이 흘렀다.

우연은 생각했다. 늘 자신은 도움만 받는다고. 도움만 받고 아무런 도움을 주지 못한다고. 엄마는 도움을 주고 타락한 사람도 구원하는 사람이었는데 딸인 자신은 그 반대다. 무력했다. 우연은 요즘 들어 무력감을 자주 느꼈다.

'하지만 무너지면 안 돼.'

우연의 눈이 독기를 품고 빛났다. 어떻게든 이뤄내겠다는 다짐이 담긴 눈빛이었다. 우연이 이뤄내고 싶은 것은 살리는 것임에도 누구 하나를 죽일 기세의 얼굴이었다.

우연이 어느 정도 정신을 차렸을 때쯤에는 라타가 만든 공간이 사라진 상태였다. 우연은 민성을 데리고 그 공간을 나왔다. 가슴속 공허가 어떻든 시간은 흐르고 있었다.

○

    우연은 집으로 돌아와 아버지에게 이에 대해 말하였다. 아버지는 가만히 듣다가 먼 미소를 지으시고 말씀하셨다.

    "그래, 당신은 모두의 구원이었지."

    나는 여기서 말한 당신이 엄마임을 자연스레 알아차렸다. 우연은 숨죽이고 이어질 말을 기다렸지만, 아버지는 그 외에 어떤 말을 더 꺼내지 않았다. 아버지는 다만 말씀하셨다.

    "세상에 대가 없이 주어지는 건 없다."

    우연은 고개를 끄덕였다. 그건 아버지의 보호 아래에서 자란 우연도 아는 사실이자 진리였다. 우연은 아버지의 말을 기다렸다. 이번에는 말을 덧붙이셨다.

    "네가 다시 살아날 때마다 다른 이는 숨이 꺼질 거야."

    숨을 들이켰다. 그 상태로 잠시 있다가 우연은 자신이 숨을 안 쉬고 있음을 깨닫고 숨을 내쉬었다. 우연은 지금까지 자신이 겪은 죽음을 떠올렸다. 그 죽음도 모두 자신의 탓이었을까? 우연이 자신의 목숨을 소홀히 생각해 그 사람들이 죽게 됐던 것일까?

    그런 우연의 생각을 아는 것처럼 아버지는 고개를 저었다.

    "내 추측일 뿐이다."

    그럼에도 우연은 쉽사리 진정하지 못했다. 겉으로는 동공이 흔들리는 것 빼고 평안해 보였지만 속으로는 여러 감정이 요동치는 중이었다.

"내가 하고 싶은 말은, 누군가를 지키기 위해 함부로 죽어서
는 안 된다는 거다."

우연은 잠시 굳어 침묵하다가 고개를 끄덕였다. 우연이 고
개를 끄덕이자, 아버지는 조금 더 부드러워진 음성으로 말했다.

"이건 한 명의 퇴마사로서 하는 말이 아니라, 네 아비로서
하는 말이야."

우연은 그 말에 참지 못하고 얼굴을 왈칵 일그러트렸다. 누
군가를 지키면, 누군가를 잃는다. 누군가를 잃으면 다른 누군가
를 얻는다. 최근 벌어지는 이러한 일들은 우연을 지치게 했다.
그럼에도 언제나 같은 자리에서 굳건히 버티고 있는 아버지의
모습은 우연의 버팀목이 되어 주었다. 우연은 늘 어려운 아버지
에게 용기를 내 다가가 포옹했다. 아버지는 몸을 굳히는 기색도
없이 기꺼이 우연을 안아주었다. 그 포옹은 어색했지만, 따뜻
했다.

○

우연은 김준효, 이수영, 설윤과 함께 교장실에 모였다. 교
장이자 협회 수장의 부름 때문이었다. 교장은 그들을 불러 말
했다.

"우연과 설윤. 너희는 당장이라도 조직을 부수러 가고 싶을

거야. 그렇지?"

교장은 우연과 설윤을 함께 불렀다. 하지만 시선은 우연에게로 향해 있었다. 우연은 침묵했다. 우연은 힐끔 설윤을 쳐다봤다. 설윤은 고개를 숙이고 입술을 물뿐 어떤 말도 하지 않았다. 우연은 조금 놀랐다. 순하게만 보였던 설윤의 다른 면모를 발견해서라기보다는 설윤도 무서웠을 것이란 생각에 화가 났다는 것이 더 옳았다.

교장은 우연에게서 시선을 떼 좌중을 둘러보곤 말했다.

"그러기 위해서 너희는 증명해야 해. 그걸 절대 쉽지 않을 거야. 물론 이 일과 관련 없는 김준효와 이수영은 빠져도 좋다."

이수영은 차분히 손을 들어 올렸다. 수줍은 듯했지만 기개가 있었다.

"난 갈거야."

우연은 이수영이 교장에게 반말하는 것에 놀라야 할지 위험을 자초하는 것에 놀라야 할지 몰라 멍한 얼굴을 했다. 이수영은 주위에서 어떻게 보는지 관심이 없는 건지 교장만을 보고 말했다.

"너도 그걸 노렸으니까 나를 불렀을 거야. 그렇지?"

"이런. 확실히 세월 어디 가는 게 아니군."

교장은 설핏 웃었다. 이수영은 그런 교장에게 냉소 지었다. 늘 감수성 풍부하고 다정했던 이수영이 지을 수 있을 거로 생각하지 못했던 미소였다. 우연은 그제야 정신을 차리고 말했다.

"수영아, 네가 굳이 위험을 자초할 필요는 없어."

"전력을 거절할 여유가 있는 거야?"

"그런 게 아니라 걱정하는 거야."

우연의 진심이 담긴 말에 이수영은 평소처럼 수줍게 웃으며 덧붙였다. 시선은 우연을 향해 있었다.

"물론 내 능력은 전력으로서는 도움이 안 되지만 말이야. 정 안되면 난 안 죽으니까 고기 방패로 써."

"그게 무슨 소리야."

우연이 딱딱하게 굳어 말했다.

"넌 내 친구야. 그리고 친구가 아니라고 하더라도 그런 일은 안 해. 다시 한번 그런 말을 하면 정말 화낼 거야."

우연답지 않게 말이 길어졌다. 이수영은 조금 안심한 얼굴로 알았다는 듯이 고개를 끄덕였다.

김준효도 조심스럽게 손을 들어올렸다.

"확실히 내가 낄만한 자리가 아니긴 해. 나라면 몸을 사리는 게 맞지."

우연은 그에 당연하다는 듯이 고개를 끄덕였다. 서운한 마음이 없다면 거짓말이었지만 희생을 당연하다는 듯이 강요할 만큼 글러 먹지는 않았다. 하지만 김준효는 씩 웃으며 말했다.

"나도 같이 갈 거야."

우연은 눈을 동그랗게 뜨고 김준효를 바라봤다. 김준효는 우연이 아닌 교장을 곧게 바라보고 있었다.

"허락해 주실 거죠, 수장님?"

교장은 김준효에게 마주 웃었다. 김준효의 웃음은 시원시원했던 것에 비해 교장의 웃음은 꼭 악당 같았다. 이내 교장은 고개를 끄덕였다.

"그럼 이렇게 넷이 가는 거로 알고 있겠다."

우연을 포함한 네 사람은 곧바로 고개를 끄덕였다. 그리고 그 네 사람을 대표해 우연이 교장에게 임무가 뭐냐고 물으려던 차에 교장이 말했다.

"임무는 이틀 후 입국하는 조직의 하수인을 데려오는 것. 정 잘못되면 죽여도 상관없다."

여러 가지를 따져보던 김준효가 물었다.

"저희 쪽에서 먼저 조직을 건드는 게 좋은 선택일까요?"

교장은 그런 질문 따위 예상했다는 듯이 심드렁히 답했다.

"이미 설윤을 죽이려던 자를 우연의 부친이 죽였을 때부터 우리는 조직의 명부에 올라갔어. 이번에 입국하는 자도 우리의 협회를 건들기 위해서고."

그제야 우연을 포함한 그들은 이해했다는 듯이 고개를 끄덕였다.

교장이 다시 진지한 태도로 돌아가 말했다.

"그자의 이름은 제스. 이능력은 아무리 캐도 밝혀진 게 없어. 그럼에도 조직의 말단은 아닐 정도로 꽤나 실력자다. 하지만 너희 넷이 상대하기에는 문제없을 거야."

교장은 이어서 말했다.

"하지만 절대로 방심해서는 안 된다. 명심하거라."

"네, 알겠습니다."

우연과 그들은 협회 특유의 명을 받드는 자세를 하며 고개를 절도 있게 숙였다. 한쪽 무릎을 꿇은 자세였다.

○

그날 길을 걷던 우연은 최승아를 만났다. 우연은 최승아에게 짧게 묵례했다. 하지만 최승아는 우연을 보내주지 않았다. 최승아는 우연을 보고 갈등하는 기색이었다. 결국 눈을 질끈 감고는 말했다.

"네가 하려는 일, 나도 도울게."

"선생님."

"나는 지금까지 마피아를 피하려고 많은 아이를 단련시켜 왔어. 처음에는 아이들이 자신의 한 몸 지키기를 바랐는지도 몰라. 하지만 어쩌면 이 순간을 위해 나는 가르쳐 왔던 것 같아."

최승아의 말에 우연은 고개를 한번 숙였다가 다시 들었다. 마음 같아서는 거절하는 위선을 하고 싶다. 하지만 그건 최승아에 대한 예의가 아님을 알았다. 그리고 우연은 거절할 여유가 없었다. 그렇기에 말했다.

"감사합니다."

"그래."

최승아는 웃었다. 진심으로 기뻐서 웃음 지은 것 같기도 했고 안도한 것 같기도 했다.

○

우연은 이민석을 찾아가 조언을 구했다. 임무를 사실대로 말하지는 않았다. 이능력이 있지만 그 이능력이 뭔지 알 수 없는 상대를 상대해야 할 때는 어떻게 해야 하는지 물어본 것뿐이었다. 우연은 친구의 일이라 이야기했지만, 이민석은 우연의 일임을 알고 진지하게 답했다.

"그럴 때는 간단해."

"간단하다고?"

이민석은 진지하게 고개를 끄덕였다.

"너 혼자 싸우는 게 아니라면 핵심 전력을 놔두고 한 사람을 보내 이능력을 확인해. 아, 그 전에 선제공격이 포인트야."

"내 이야기 아니라고."

우연은 눈을 빛내며 듣다가 이내 말 일부에 담긴 뜻을 알아차리고 뚱하게 말했다. 이민석은 다 안다는 듯이 고개를 끄덕였다.

"혼자가 아니야. 절대로 혼자서 하려고 하지 마."

우연은 그 말에 '너는'이 생략되었다는 것을 어렵지 않게 눈치쳤다. 그런 이민석의 배려에 답지 않게 눈시울이 뜨거워졌지만, 티 내지 않고 고개를 끄덕였다. 그제야 이민석은 한시름 놓은 듯했다.

이민석과의 대화가 끝나고 집으로 가던 길. 우연은 자신을 따라오는 기척을 느끼고 걸음을 여상히 옮겼다. 그 누군가는 확실히 우연을 따라오는 듯이 한참의 시간이 흐르고도 우연의 뒤를 밟았다. 길을 잘 아는 우연에게 유리한 곳에 이르자 우연은 가방을 뒤지는 척 도끼를 꺼내 순식간에 그 인기척을 향해 던졌다. 도끼는 허공을 가르고 날아가 벽에 박혔다. 간신히 도끼를 피한 기척의 주인공이 한숨을 내쉬었다. 우연은 도끼를 피하느라 빛 밖으로 나온 기척의 주인공을 확인하고는 놀란 얼굴을 했다.

"너는…!"

"그래, 나야 김민성."

김민성은 장난스럽게 양손을 들어 올리며 항복 자세를 취했다. 우연은 다시 경계 어린 눈빛으로 물었다.

"네가 왜 나를 따라와?"

"할 말이 있어서."

"할 말이 뭔데?"

김민성은 진정하라는 듯이 손을 흔들며 말했다.

"총 두 가지가 있어."

"두 가지나?"

우연의 질색하는 표정을 무시하고 김민성이 말했다.

"첫 번째는, 저번에 구해줘서 고마워. 나도 너에 비할 바는 아니지만 꽤 쓸 만한 퇴마사인데 그때는 속절없이 당했어."

생각지 못한 감사 인사에 우연은 떨떠름한 얼굴을 했다. 김민성은 진짜 할 말은 이거라는 듯이 집중하라는 제스처를 취했다. 우연은 덩달아 진지한 얼굴을 했다.

"두 번째는 나도 끼워줘."

"뭐?"

말의 뜻을 이해하지 못한 우연이 되물었다. 그럼에도 김민성은 오해가 없도록 또박또박 말했다.

"들었어. 네가 하려는 일. 그리고 이번 시험 임무."

우연은 교장의 가벼운 입을 원망하며 말을 들었다. 김민성은 진지한 얼굴로 말했다.

"나도 같이 하게 해줘."

"왜?"

우연은 저도 모르게 물었다. 김민성이 위험을 자초할 이유가 없었다. 목숨을 구해준 빚이라기에는 과하다는 생각이 들었다. 김민성은 진지한 얼굴을 지우고 씩 웃었다.

"그냥, 내가 하고 싶어서."

"...."

"그래서 싫어?"

김민성은 긴장한 티를 내지 않으려 노력하며 물었다. 우연

173

은 지금 조력자를 거부할 처지가 아니었다. 이 때문에 우연은 고개를 끄덕였다.

"…. 잘 부탁해."

김민성이 환하게 웃었다. 우연은 그 환한 웃음에 가슴이 간질거리는 것을 느꼈다. 그 생소한 느낌에 굳은 얼굴로 있자 김민성이 오해한 건지 말을 덧붙였다.

"나, 네 생각보다 쓸모가 많아. 전투 능력 자체는 그리 대단한 수준이 아니지만 부적을 아주 많이 만들 수 있거든."

우연은 그게 아니라고 말하려다가 그만두고 고개를 끄덕였다. 그러고는 무뚝뚝하게 말했다.

"들어가 봐. 늦었어."

"지금 나 걱정해 주는 거야?"

김민성이 신나서 물었다. 우연은 그런 김민성을 무시하며 집으로 향했다.

○

우연은 씻고 침대에 누웠다. 아무래도 중요한 일을 앞두고 있어서 그런지 심란함에 잠이 오지 않았다. 그때 전화가 울렸다. 우연은 묵혀두었다가 확인하는 평소와 달리 바로 전화를 확인했다. 설윤이었다.

"여보세요."

[자는 중이었어?]

"아니."

우연은 솔직히 말했다. 그에 설윤이 안도한 한숨을 내쉬었다. 긴장한 것 같기도 했다. 우연은 설윤을 재촉하는 말을 하지 않고 설윤이 입을 열기를 기다렸다. 한참의 시간이 지나서야 설윤이 말했다.

[시험을 하기 전에 말해야 할 것 같아서. 아니, 말하고 싶어서.]

그 말에 우연은 누워있던 자세를 바르게 했다. 들을 준비가 된 다음에도 우연은 다른 말을 보태는 대신 말이 이어지길 기다렸다. 그리고 그 배려 덕분인지 설윤은 입을 열었다.

[난 마피아 소속이었어. 3달간 20명의 무고한 사람을 죽였어, 나는.]

그 말을 하는 설윤의 목소리가 떨렸다. 설윤답지 않게 겁을 먹은 것만 같았다.

[뒤늦게 그게 싫어졌어. 그래서 협회의 일원이 되는 조건으로 마피아를 빠져나왔지. 하지만…. 마피아는 나를 놔주지 않았어.]

"…."

[마피아는 지독한 족속이야. 끈질기고 잔인해. 나는 네가 더 이상 그들이랑 얽이지 않았으면 좋겠어.]

우연은 설윤이 하고 싶은 말이 뭔지 알아차렸다. 그래서 다물고 있던 입을 열어 말했다.

"나는 어차피 쫓기던 사람이야. 쫓는 사람 더 늘어난다고 크게 달라질 거 없어."

[하지만…!]

"그리고 엄연히 말하자면 이제부터는 우리가 쫓는 처지지. 이 정도면 해 볼 만하지 않아? 뭘 겁내는 거야, 설윤."

설윤은 그 말에 울컥 참았던 울음을 터트렸다.

[네가 죽을까 봐 무서워.]

우연은 조금의 망설임도 없이 답했다.

"나는 죽지 않아."

[약속해.]

"약속할게. 너도 죽게 안 둘 거야."

설윤의 색색거리는 숨소리가 들렸다. 처음에는 가쁘던 숨이 점점 안정되어 갔다. 전화가 끊겼나 싶을 무렵 설윤이 말했다.

[내 친구가 되어줘서 고마워.]

"나야말로."

우연은 전화기를 끌어안았다. 설윤의 웃음소리가 들렸다. 우연은 설윤과 그 외에 여러 가지 대화를 나누다 잠이 들었다.

○

이튿날. 우연은 김준효, 설윤, 이수영, 김민성과 함께 공항에 모였다. 우연을 제외한 애들은 김민성의 등장에 조금 놀란 듯했지만, 거부할 처지가 아니기에 금세 김민성을 받아들였다.

다섯 명은 따로 움직이기로 했다. 아무래도 인원수가 있다 보니 함께 움직이면 눈에 띌 것 같다는 김준효의 의견 덕분이었다. 우선 본격적으로 따라붙는 건 우연과 김준효, 서포트를 나머지 애들이 하기로 했다. 김민성은 우연이 김준효와 간다는 것에 불만을 느꼈지만, 굳이 표현하지는 않았다.

마침내 입국 날. 우연은 입국하는 사람들이 나오는 곳에서 타겟, 제스를 기다렸다. 김준효는 우연의 반대편에서 대기 중이었고 다른 애들은 공항을 둘러싸고 기다리는 중이었다. 그때, 한 평범하게 생긴 이국적 외형의 소년이 거침없이 걸음을 옮기는 것을 보았다. 모자를 눌러쓰고 있었지만, 제스, 그자가 확실했다. 김준효도 이를 눈치챈 건지 우연에게 눈짓했다. 우연은 작게 목표가 나타났다고 알렸다. 우연과 협회 소속 애들의 작전은 사실 무식하고 간단했다. 제스가 혼자 있는 틈을 타 노리는 것이다. 민간인이 없는 곳에서 말이다. 하지만 그렇게 작전을 짠 게 무색하게 처음부터 제스는 혼자였다. 우연은 조금 당황스러운 기분으로 제스를 쫓았다. 제스는 그런 그들을 정말 모르는 건지 태연했다. 제스는 이내 공항 밖으로 나갔다. 그때 이수영이 제스와 부딪쳤다. 우연은 작전에 없는 상황에 당황했다. 하지만 이수영의 얼굴은 태연했고, 가녀렸다.

"헉 괜찮으세요?"

"아, 네."

제스는 짧게 답하고 앞으로 나아갔다. 그러고는 택시를 타고 출발했다. 함께 온 다른 협회원에게 티 나지 않게 따라붙으라고 말하려던 우연은 이내 씩 웃었다. 이수영은 짧은 접촉만으로도 상대의 생각을 알 수 있다. 이수영이 위험을 감수하고 앞에 나선 것도 그런 이유이리라. 우연은 이수영의 말이 떨어지기를 기다렸다. 하지만 이수영은 아무런 말이 없었다. 그에 우연이 뭐라고 물으려던 찰나 이수영이 입을 열었다.

"의도를 모르겠어."

"뭐?"

그게 가능해? 김준효가 묻지 않은 뒷말이 들리는 듯했다. 우연은 이수영의 얼굴이 고심에 가득 찬 것을 눈치챘다. 심란하고 놀란 것처럼 보였다. 하지만 그를 걱정할 시간이 없었다. 우연은 이수영에게 자세히 설명하라는 눈빛을 보냈다. 그런 우연과 눈이 마주친 이수영은 짧게 숨을 내뱉고 말했다.

"일단 따라가자. 어디로 가는지를 읽어냈어. 다행히 오지라서 무리 없이 싸울 수 있을 것 같아."

우연은 이수영의 말을 찜찜한 얼굴로 들었다. 이상했다. 굳이 협회원, 그중에서도 설윤과 우연을 노려야 하는 이가 우연과 설윤을 쫓는 게 아니라 오지로 간다니. 마치 그들이 여기 잠복했다는 것을 알고 있는 듯하지 않은가. 김민성도 거기까지 생각이 닿은 건지 굳은 얼굴로 물었다.

"어떻게 할 거야?"

"따라가야지. 함정인 게 뻔히 보이지만, 우리에게는 잘된 일이야."

만약 인파가 많은 곳에서 그 사실을 드러냈다면 곤란했을 것이다. 인질로 사람이 잡힐 수도 있으니까 말이다. 우연은 눈을 빛냈다.

"어떻게 된 건지는 모르겠지만, 우리에게는 기회야."

그 말에 다른 애들은 침묵했다. 우연은 그들이 결의를 다지고 있음을 알아차렸다. 우연은 그게 어쩐지 기분이 묘해 괜히 털털히 말했다.

"가자."

○

이수영이 가리킨 위치로 향했다. 이수영은 가는 동안에도 자기 능력이 왜 제스에게 통하지 않았나 심란한 눈치였다. 그런 이수영은 우리는 침묵으로 위로했다. 때로는 어떤 말도 꺼내지 않는 게 최고의 위로가 될 때도 있으니까 말이다.

마침내 도착한 그곳은 오지였고 꽤나 긴 시간을 차에서 보내야 했다. 마침내 장소에 도착했을 때 제스는 당연하다는 듯이 그들을 기다리고 있었다.

"왔어?"

방과 후 퇴마사

그것도 아주 태연하게.

우연은 자신도 태연하고 자연스러워 보였기를 바라며 차에서 내렸다. 그제야 자세히 보게 된 제스는 김준효만큼 큰 키에 마른 몸을 가지고 있었다. 저 몸으로 전투를 할 수 있을 리 없다는 생각이 들 만큼 말이다. 제스는 갈색 머리에 검은색 눈을 가지고 있었다. 우연은 어쩐지 그 눈동자가 블랙홀을 닮은 것 같다는 생각이 들었다. 제스의 눈은 죽은 사람처럼 텅 비어 있었다. 그 무엇도 바라지도 기대하지도 않는 그 눈은 어딘가 소름 끼쳤다. 그런 제스를 김민성이 비웃었다.

"그 꺽다리로 싸울 수 있긴 해?"

우연은 조롱하는 듯한 말투를 제재하는 대신 조용히 제스를 향해 도끼를 겨눴다. 다른 이들도 전투 준비를 했다. 우리의 그런 태도에도 제스는 어떤 전투 자세도 없이 태연했다. 우연은 그에 긴장했다. 제스가 가진 이능력이 대체 뭐길래 저토록 저 사람을 태연하게 만드는지 의문이었다. 그리고 그 의문은 얼마 지나지 않아 풀렸다. 제스가 손을 까딱이자, 그 까딱임과 함께 흙이 뭉쳤다. 뭉쳐서 사람이 되었고 우연 앞에 서게 된 그 인형은 우연을 똑 닮아 있었다. 주위를 둘러보니 다른 애들 앞에도 그들과 똑같이 생긴 인형이 서 있었다.

"그 인형이 과연 생김새만 닮았을까?"

제스가 즐거운 기색으로 물었다. 우연은 이 와중에 어쩐지 제스가 지쳐 보인다고 생각했다.

"나 자신을 알라. 그리고 이겨라."

제스는 히죽이듯 웃었다.

"나에게 손을 대려면 그래야 할 거야."

우연은 도끼를 움켜쥐었다. 앞에 서 있는 인형도 도끼를 움켜쥐었다.

○

우연은 바로 부적을 떼어 인형에게 붙이려 했다. 하지만 인형 또한 이미 부적에 손을 댄 상태였다. 우연은 완벽하게 자신을 따라 하는 인형의 모습에 놀랄 시간도 없이 부적을 버렸다. 귀한 부적이었지만 소용이 없으면 무용지물이었다. 인형은 우연과 동시에 부적을 버렸다. 우연은 초조해졌다. 저 인형의 자신을 완벽하게 따라 하고 있었다. 그런 상대를 이길 수 있을까? 확신이 서지 않았다. 우연은 최대한 빠르게 달려가 목 쪽으로 도끼를 휘둘렀다. 인형은 가뿐히 그걸 피하고 우연의 힘줄로 도끼를 가져다 댔다. 우연은 그걸 피하며 생각했다. 저 인형은 우연을 생명으로 보면서도 망설임이 없다. 인형을 생명으로 보지 않아 망설임이 없는 우연과 달랐다. 우연이 인형을 원귀처럼 보고 있다면 인형은 우연을 죽여야 하는 동물로 보고 있다. 힐끔 다른 애들을 보니 그들도 고전을 면치 못하고 있었다.

우연은 태하를 부르려고 했다. 하지만 태하는 아무리 불러

도 불리지 않았다. 다행히 그건 상대편 인형도 마찬가지인 듯
했다.

우연은 인형에게 도끼를 휘둘렀다. 그 동시에 인형도 우연
을 향해 도끼를 휘두르고 있었다. 챙! 우연과 인형의 도끼가 맞
닿았다. 우연은 엄청나지는 않지만 그럼에도 버거운, 본인과 같
은 정도의 힘을 느끼고 버티는 대신 몸을 물렸다. 인형 또한 이
미 몸을 피하고 있었다. 우연은 저 인형이 우연의 생각을 읽을
지도 모른다는 생각이 들었다. 그러지 않고서는 이렇게 똑같이
행동할 수 없다.

그걸 확인하기 위해 오른쪽으로 공격하기를 마음먹고 왼쪽
으로 가 목을 찍었다. 몸과 마음이 따로 노는 게 썩 편하지는 않
았지만, 이번에는 정확히 맞았다. 우연은 그제야 살짝 웃었다.
이제야 돌파구가 보였다.

반면 인형은 당황한듯했다. 자신의 창조주인 제스를 힐끔
봤다. 제스는 인형에게는 조금도 관심이 없었다. 오직 우연을
시험하듯이 지켜보고 있을 뿐이었다. 인형은 아랫입술을 씹으
며 처음으로 우연의 공격없이 우연에게 달려들었다. 우연은 그
걸 피하고 이번에는 왼쪽으로 공격하기로 마음먹었다. 그리고
도끼를 인형의 목을 떨어트렸다. 인형은 오른쪽을 막았다. 또
우연이 반대로 생각한다고 여긴 모양이다. 인형은 원귀처럼 파
스스 시체를 남기지 않고 사라졌다. 이 조직의 특성인 듯했다.
다른 애들을 보니 다들 어느 정도 싸움이 마무리되어 가는 듯

했다. 우연은 제스의 목을 향해 도끼를 곧게 뻗었다. 제스는 조금도 움츠러들지 않고 우연을 고요히 바라보고 있었다.

"그래, 너희는 자격이 있어."

제스가 마침내 입을 열었다.

"꼭 나의 보스를 죽여줘."

"뭐?"

우연은 어처구니가 없어서 물었다. 하지만 그건 잘못 들은 게 아니었다.

"나는 어떤 정보도 말해줄 수 없어. 하지만 내 죽음은 너희에게 조금이나마 도움이 되겠지."

제스는 품에서 칼을 꺼내 곧게 뻗었다. 우연이 긴장하는 찰나

푸욱.

살이 꿰뚫기는 소리에 우연이 소리의 근원을 살펴봤다. 제스가 자기 가슴에 검을 박았다. 우연은 소리쳤다.

"지금 이게 뭐 하는 거야!"

우연이 제스에게 다가가려는 걸 막은 것은 지쳐 보이는 김준효였다. 김준효는 우연의 손목을 잡았다.

"다가가면 안 돼. 상황을 살피자."

"그러다 죽으면?"

"원래 죽여야 하는 자였어. 알아서 죽어주면 좋지."

우연은 김준효의 냉정한 말에 고개를 떨궜다. 맞는 말이다.

하지만 어쩐지 공허한 제스의 눈을 무시할 수 없었다. 우연은 김준효를 뿌리치고 제스를 향해 달렸다. 뒤에서 김준효의 부름이 들렸다. 하지만 뒤돌아보지 않은 채 제스에게로 갔다. 제스는 그런 우연을 보며 피를 쿨럭 토하고는 말했다.

"그 다정함은 너의 가장 강력한 무기지만, 반대로 독이 될 수도 있지."

"네가 무슨 상관인데."

이전에 들어본 듯한 말에 우연이 이를 악물고 답했다. 우연의 말에 제스가 끅끅 웃었다.

"내게 부적을 붙여. 그러면 일부는 볼 수 있을 거야."

제스의 말에 우연은 정신을 차렸다. 잠시 망설이는 우연에게 제스가 말했다.

"정 미안하면 내 부탁 하나만 들어줘."

제스는 우연이 아닌 하늘을 보며 숨을 내쉬었다. 하얀 김이 후 소리와 함께 흩어졌다.

"보스만 죽여줘. 나머지는…. 죽이지 마."

우연은 뭔 희한한 소리인가 했지만, 잠자코 고개를 끄덕였다. 리타와 제스의 모습이 떠올라서였다. 두 사람 다 나쁜 조직의 일원이지만 악한 사람 같아 보이지 않았다. 마치 어쩔 수 없이 공격해 오는 느낌이라 마음이 쓰였다. 이제 와서는 이게 다 무슨 소용인가 싶지만.

그럼에도 우연은 제스를 살리기보다 제스의 바람을 들어주기를 선택했다. 그 선택을 제스는 아는 듯이 만족스러운 신음을 흘리곤, 그대로 숨을 멈추었다.

그와 동시에 부적을 통해 제스의 기억이 새겨들어 왔다.

보스라는 인간에게 금발의 소녀와 함께 발견되었다. 보스는 무가치한 우리 보고 쓸모 있다고 이야기했다. 그 말은 꼭 칭찬 같아 좋았다. 그래서였다. 보스를 따른 것은.

그런데 보스. 왜 무고한 사람을 죽이는 거야? 보스. 왜 금발의 소녀, 라가를 괴롭히는 거야? 보스, 왜 나를 아프게 하는 거야?

그 모든 게 잘못되었다는 사실을 깨달은 것은 한창 뒤늦을 때였다. 아무것도 돌이킬 수가 없었고, 나는 꼭두각시에 불과했다.

그래서 나는 살기보다 작은 나비의 날갯짓을 하기로 했다. 보스를 거스르게 만드는 우연이란 소녀. 그 소녀를 찾아가 보스에 대한 적의를 심기로 했다. 하지만 직접 만나본 우연은 이미 보스에게 적의를 가지고 있었다. 그러니 그 적의가 더 짙어지기를 바라며 이 별 볼 일 없는 기억을 죽음의 흔적으로 남긴다.

네가 찾던 '그'

퇴마사를 만드는 '그'

'그'가 바로 보스란다.

○

185

"우연아!"

설윤이 부르는 목소리에 우연은 깨어났다. 내가 왜 잠들었지? 이내 깨달았다. 제스가 죽고 그가 남긴 기억을 봤지. 설윤은 우연의 얼굴을 쓸었다.

"무슨 기억을 봤길래 이렇게 식은땀을 흘려."

"인생의 목표를 봤어."

우연은 짧게 답하고 주위를 살폈다. 익숙한 구조. 우연의 집이었다. 우연은 설윤에게 설명을 요청하는 얼굴을 했다. 설윤은 짧게 한숨을 내쉬고는 이어 말했다.

"네가 갑자기 쓰러져서 놀랐어. 근데 김민성이 그러길 죽은 상대방의 기억을 보는 부적을 네가 썼다고 하더라. 그래서 너를 집으로 데려왔어. 네 아버지도 네 걱정이 이만저만이 아니시고."

우연은 지금까지의 상황이 짧게 정리된 말에 고개를 끄덕였다. 그렇게 되었다면 이해가 되었다.

"제스는 어떻게 됐어? 수장의 시험은?"

설윤은 인제 그만 네가 쉬었으면 좋겠다는 얼굴을 했지만, 우연은 굳건했다. 결국 항복한 건 설윤이었다.

"제스가 죽었으니까, 네가 깨어난 거야. 그 부적이 원래 그렇다며. 넌 어떻게 숨이 제대로 꺼지지도 않은 사람을 대상으로 그렇게 위험한 부적을 써?"

우연이 멋쩍게 고개를 돌리자, 설윤이 단호한 눈빛을 했다. 그 눈빛에 걱정과 애정이 담겼다는 것을 알았기에 그렇게 기분이 나쁘지 않았다.

"그리고 수장님께서 시험은 합격이래. 준비되는 대로 떠나라고 하셨어."

"허락해 주셨다고?"

"그게 약속이었잖아."

우연은 고개를 끄덕였다. 그렇다면 당장 그 죽여도 시원찮을 자식을 죽이러 가면 됐다. 우연이 말없이 짐을 챙기자, 설윤이 새된 비명 같은 말을 내뱉으며 우연의 앞을 막아섰다.

"너 설마 바로 갈 생각이야?"

"당연하잖아. 최대한 빠를수록 좋아."

"하지만 이대로 가면 지고 말 거야."

"그렇다고 가만히 있을 수는 없어. 반드시 가야만 해."

우연의 말에 잠시 침묵한 설윤은 핸드폰을 꺼내 어디론가 전화를 걸었다. 그리고 그 전화의 주인공은 기다렸다는 듯이 5분도 지나지 않아 우연의 집에 들이닥쳤다. 그 주인공, 이민석이 급하게 오느라 흘린 땀도 닦지 못하고 말했다.

"나도 다 들었어."

"누구한테?"

우연의 눈이 그 중요한 사실을 유포한 사람을 찾아내고야 말겠다는 의지로 빛났다. 이민석은 당당히 대답했다.

방과 후 퇴마사

"네 아버지께."

"...."

우연이 조용해지자, 이민석은 달래듯이 말했다.

"내 말은 영원히 가지 말자는 게 아니야. 다만 준비가 필요하다는 거야."

"무슨 준비? 난 평생을 준비했어."

이민석이 진지한 얼굴로 받아쳤다.

"넌 거기 지리도 모르잖아. 그 상태로 쳐들어갔다가는 죽어. 그리고 안다고 하더라도 보스의 초능력이 예지라는 소문이 있잖아."

우연은 거기까지 다 생각해 놓았다는 듯이 씩 웃었다.

"내게 방법이 있어."

○

김준효는 특유의 가식적인 얼굴도 유지하지 못하고 물었다.

"진짜 이대로 괜찮은 거야?"

우연은 그런 김준효의 눈을 곧게 바라봤다.

"같이 가달라고 강요하지는 않아."

"같이 갈 거야. 같이 갈 건데…. 계획이 너무 허술하잖아. 그리고 너가 다 말해주지도 않았어."

김준효가 머리를 헤집으며 말했다. 우연은 김준효에게 얼핏

듣기에는 냉정하게, 하지만 사실은 걱정이 녹아 있는 목소리로
말했다.

"난 통보하러 온 거지 설득을 하러 온 게 아니야."

김준효는 마음을 정한 듯이 우연을 막아섰다.

"그런 방법으로 가겠다는 너는, 절대로 못 보내."

"네가 못 보낸다면, 내가 못 나갈 것 같아?"

살벌해진 우연과 김준효 사이 설윤이 끼어들었다.

"둘 다 그만해."

그제야 우연은 자기 잘못을 깨닫고 작게 사과했다.

"미안해. 하지만 나를 막지 말고, 한번만 믿어줬으면 좋겠
어."

"나는 네가 죽을까 봐서 그래. 잘못해서 죽으면 어떡해…."

두 손에 얼굴을 묻는 김준효에게 우연은 자신이 사실은 회
귀할 수 있다는 것을 알릴지 하다가 말았다. 김준효가 미덥지
않아서가 아니었다. 이조차 그 이능력을 알 수 없는 보스라는
자의 귀에 들어갈까 염려되어서였다.

가만히 그들의 대화를 듣고 있던 이수영이 나섰다.

"나도 갈래."

"안돼."

우연, 설윤, 김준효가 동시에 말했다. 이수영의 얼굴이 상처
받은 것처럼 흐려졌다가 다시 굳게 돌아왔다.

"나는 비전투 계열이야. 알아. 하지만 나는 다른 사람의 감정을 조종할 수 있어. 전투 불능으로 만들 수 있다고!"

이수영이 다다다 외친 말에 세 사람은 넋이 나갔다. 그들을 대표로 말한 건 허탈한 얼굴의 김준효였다.

"넌 어떻게 애가 매일 새롭냐. 왜 진작 말 안 했어?"

"아무리 친구라도 비장의 수가 하나쯤은 있어야 하는 법이야."

이수영이 우연을 보며 눈을 찡긋했다. 우연은 몸을 움찔 떨며 시선을 피했다. 그 사이 이수영이 우연을 보며 발랄하게 말했다.

"자세한 작전은 비밀이라지만 대략적인 작전은 알아야 우리도 참여하지. 작전이 뭡니까, 대장?"

○

마침내 보스를 죽이러 가는 길. 비행기에서 굳은 표정으로 있는 우연에게 설윤이 나가와 물었다.

"심란하지?"

"…응."

우연은 어쩔 수 없다는 듯이 답했다. 설윤은 우연에게 애써 밝은 어조로 말했다.

"우리 돌아와서 다시 학교 다녀보자."

"어떻게?"

"유급하면 되지."

설윤의 말에 우연이 마침내 부스스 웃었다.

"그래."

o

우연은 보스의 건물 안으로 침입해 달리고 있었다. 우연은 작전을 상기했다. 김민성의 부적 여러 개와 우연의 머리카락을 써서 우연 복제를 만든다. 그후 그 복제를 각각 다른 곳으로 뿌린다. 단, 어떤 복제가 어디로 갈지, 우연이 어디로 갈지는 아무도 모르는 것이다. 순간순간 우연의 마음에, 다른 애들의 마음에 따라 우연과 복제의 위치는 바뀔 테니까.

우연의 귀로 작게 지지직거리는 소리와 함께 작은 소리가 들렸다.

"첫 번째 복제, 보스와 접촉. 제거됨."

우연은 그 소리에 더 빠르게 달렸다. 이제 보스는 우리가 이곳에 들어왔다는 것을 알고 있다.

"두 번째 복제, 보스와 접촉. 제거됨."

우연은 코너를 뛰며 초조해지려는 가슴을 내려 앉혔다. 설령 보스를 만난다고 하더라도 그건 우연에게 좋은 일이다. 찾을 수고가 덜어지는 것이니까.

191

윙. 기계음이 들려 뒤를 돌아보니 우연의 뒤로 기계를 탄 사람들이 쫓아오고 있었다. 우연은 뒤를 짧게 힐끔 보고는 계속해서 앞으로 달렸다. 이대로라면 곧 있으면 우리가 판 함정에 보스와 그 수하들이 들어오게 된다.

"세 번째 복제, 보스와 접촉. 제거됨."

쿵. 그때였다. 우연은 심장을 뒤흔드는 느낌 때문에 자리에 멈췄다. 앞을 봐야 했지만 앞을 볼 수 없었다. 우연은 이를 피가 날 정도로 악물고 앞을 바라봤다. 그곳에는 말로만 듣던 보스와 제스에게 애틋했던 금발의 소녀, 라가가 있었다.

앞에서는 금발의 소녀가, 뒤에서는 보스의 부하가 다가왔다. 우연은 숨을 들이켜고 도끼에서 부적을 빠르게 떼어 술식을 전개했다. 그와 동시에 보라색 빛이 날카롭게 퍼졌다. 그 빛이 사라졌을 때는 사람들은 이미 잠든 후였다. 역시나 보스와 라가는 여전히 서 있을 뿐이었다. 그를 보며 보스가 카랑카랑하게 웃었다. 그리고 웃음이 잦아들기도 전에 손을 까딱였다. 그러자 라가가 우연에게 다가왔다.

라가는 생기 없는 눈동자로 말했다.

"죄송하지만…."

라가가 두 손에 검을 들었다. 나른하던 분위기가 한순간에 날카로워졌다.

"당신을 죽여도 되겠습니까?"

우연은 보스가 그랬던 것처럼 손을 까딱이며 말했다.

"사과에 들어간 토끼."

뜬금없는 말에 라가의 눈에 의아함이 스쳤다. 그때 천장을 뚫고 사람이 쏟아졌다. 라가의 눈이 요동쳤다. 아는 사람이었던 모양이다. 그럴만했다. 보스의 부하였으니까. 그리고 그 너머에서 우연에게 익숙한 이들이 여유롭게 등장했다. 이민석은 두뇌파라서 오지 못했지만, 그 외 사람들은 모두 우연을 위해 와줬다. 김준효, 설윤, 김민성, 이수영. 그리고 담임 선생님까지. 우연은 그들을 보며 말했다.

"내가 정신 나갔다고 너희를 혼자 상대하겠어."

라가의 눈빛에 날카로움이 깃들었다.

"라가, 네 상대는 이들이야."

"..."

"보스. 네 상대는 나고."

보스는 라가의 뒤에 숨어 우연을 빤히 바라봤다. 그러고는 다가와서 두 손을 들어 올렸다. 그러곤 말했다.

"항복."

우연을 포함한 이들에게서 어처구니없는 얼굴이 스쳤다. 라가조차 당황해 어쩔 줄 모르겠다는 얼굴을 하고 있었다. 그런 그들에게 보스가 여전히 여유로운 얼굴로 말했다.

"너희도 알고 왔겠지만 난 미래를 볼 줄 알아. 근데 여기서 나는 패배해."

그리고 그 후에 미래가 꽤 마음에 들어. 보스는 뒷말을 삼

방과 후 퇴마사

켰다. 우연에게 김준효가 냉정히 말했다.

"죽여, 우연. 네 원수잖아. 네가 죽여야지."

우연은 잠시 망설이다가 도끼를 제대로 잡고 보스에게 다가갔다. 보스는 자신을 지키려고 하는 라가를 말리면서까지 여유로운 얼굴로 우연을 기다렸다. 마치 죽음을 음미하는 것 같은 얼굴에 우연은 소름이 끼쳤지만 애써 티를 내지 않으며 다가갔다. 그리고 마침내 보스의 앞에 선 우연은 도끼를 들어 올렸다. 오늘따라 도끼의 무게가 무겁게 느껴졌다. 이게 이 사람의 생명 무게인지도 몰랐다. 우연이 도끼로 보스의 목을 내리쳤다. 보스의 목이 데구루루 굴러갔다. 우연은 그 광경을 눈 하나 깜박이지 않고 보고는 자리를 뜨려고 했다. 그때였다. 누군가 우연의 손을 잡았다. 우연은 소름이 끼치는 기분에 천천히 뒤를 돌았다. 목이 떨어진 보스의 몸에서 비롯된 손이었다. 그때 저기 떨어진 목에서 보스가 재잘거렸다.

"내 또 다른 능력이 뭔지 알아?"

보스가 잘린 목에서 피를 내뿜으며 히죽이듯 웃었다.

"닿은 상대방의 영혼을 망가트려 원귀로 만드는 거."

보스의 말에 지금까지 우연이 소멸해 왔던 원귀들이 떠올랐다. 소름이 끼쳤다. 설마 그 원귀 중 죽어서 원귀가 된 것이 아니라 저자로 인해 원귀가 된 '사람'이 있었던 것일까? 삐이이- 이명이 울렸다. 우연에게 소리치는 소리가 들렸다.

"어디 한번 망가지지 않고 견뎌봐."

우연은 보스를 노려봤다. 그게 한계였던 건지 보스는 완전히 죽은 것처럼 빠르게 생기를 잃었다. 그 모습을 본 게, 우연의 깨어있을 적 마지막 기억이었다.

○

우연은 꿈을 꿨다. 엄마가 나오는 꿈이었다. 엄마는 여전히 녹아 내릴 듯이 따뜻한 얼굴로 우연을 맞이했다. 우연은 그 품에서 눈을 감았다. 영원히 이곳에 있을 수 있다면….

그때였다. 엄마가 속삭였다.

"이건 다 가짜잖아."

우연은 부정하려는 듯이 고개를 흔들었다. 하지만 엄마는 단호했다.

"진짜들의 세계로 가야 하지 않겠어?"

우연은 마침내 눈을 떴다.

방과후 퇴마사

초판 1쇄 인쇄 2025년 3월 21일
초판 1쇄 발행 2025년 3월 28일

지은이 한윤서
펴낸이 박세현
펴낸곳 서랍의 날씨

기획 편집 곽병완
디자인 김민주
마케팅 전창열
SNS 홍보 신현아

주소 (우)14557 경기도 부천시 조마루로 385번길 92 부천테크노밸리유1센터 1110호
전화 070-8821-4312 | **팩스** 02-6008-4318
이메일 fandombooks@naver.com
블로그 http://blog.naver.com/fandombooks

출판등록 2009년 7월 9일(제386-251002009000081호)

ISBN 979-11-6169-331-6 (03810)

서랍의날씨는 **팬덤북스**의 가정/육아, 문학/에세이 브랜드입니다.